La casa de los Julius

Primera edición: agosto de 2025
Título original: *The Julius House*

© Charlaine Harris Schulz, 1995
© de la traducción, Omar El Kashef Calabor, 2012
© de esta edición, Futurbox Project S. L., 2025
Esta edición se ha publicado mediante acuerdo con JABberwocky Literary Agency, Inc., a través de International Editors & Yáñez Co' S.L.
Todos los derechos reservados, incluido el derecho de reproducción total o parcial de la obra.
Ninguna parte de este libro se podrá utilizar ni reproducir bajo ninguna circunstancia con el propósito de entrenar tecnologías o sistemas de inteligencia artificial. Esta obra queda excluida de la minería de texto y datos (Artículo 4(3) de la Directiva (UE) 2019/790).

Diseño e imagen de cubierta: Taller de los Libros
Corrección: Alejandra Montero, Raúl Fernández

Publicado por Lira Ediciones
Calle Roger de Flor, 49, escalera B, entresuelo, oficina 10
08013 Barcelona
info@liraediciones.com
www.liraediciones.com

ISBN: 978-84-19235-22-0
THEMA: FFJ
Depósito Legal: B 15088-2025
Preimpresión: Taller de los Libros
Impresión y encuadernación: Liberdúplex
Impreso en España – *Printed in Spain*

CHARLAINE HARRIS

LA CASA DE LOS JULIUS

AURORA TEAGARDEN 4

Traducción de
Omar El Kashef Calabor

LIRA

*Mi agradecimiento para
el reverendo Gary Nowlin,
el abogado Mike Epley,
el guardabosques estatal Jim Gann,
el químico Glenn McCelland,
Dennis, del Departamento Forense
del estado de Georgia
y el doctor Aung Than,
por su contribución al desarrollo
de varios aspectos de este libro.
Los errores cometidos son de
mi exclusiva cosecha.*

CAPÍTULO 1

La familia Julius se esfumó seis años antes de mi matrimonio con Martin Bartell.

Desaparecieron tan repentinamente que algunos vecinos de Lawrenceton llamaron al *National Enquirer* para afirmar que los Julius habían sido abducidos por extraterrestres.

Habían pasado ya algunos años desde que dejé el instituto y me había puesto a trabajar en la biblioteca pública de Lawrenceton cuando lo que quiera que fuese les pasó a T.C., Hope y Charity Julius. Durante un tiempo especulé sobre aquello, como todos los demás, pero a medida que pasaba el tiempo sin hallarse rastro alguno de la familia Julius fui olvidándome de ellos, salvo por algún escalofrío ocasional cada vez que escuchaba el apellido «Julius» en una conversación.

Entonces Martin me dio su casa como regalo de boda.

Decir que me sorprendió el gesto sería quedarse corta: aturdida sería más adecuado. Lo cierto es que deseábamos comprar una casa y habíamos estado mirando algunas de las más elegantes, situadas en los suburbios más nuevos de Lawrenceton, una pequeña ciudad con solera que, a su vez, sufría el lamentable proceso de convertirse en uno de los suburbios de Atlanta. La mayoría de las casas que habíamos barajado eran amplias, con varias habitaciones espaciosas y acogedoras; demasiado grandes para una pareja sin hijos (en mi opinión), pero Martin tenía debilidad por mostrar su holgura económica. Por ejemplo, conducíamos un Mercedes, y buscábamos una casa donde nuestro coche no desentonara.

Visitamos la casa de los Julius porque le había comentado a mi amiga y agente inmobiliaria, Eileen Norris, que la incluyera en la lista. Ya le había echado el ojo durante mi solitaria búsqueda de casa nueva.

Pero a Martin no le gustó de entrada tanto como a mí. De hecho, estaba segura de que encontraba mi atracción por ella un tanto extraña. Sus oscuras cejas se habían arqueado mientras me lanzaba una mirada interrogativa con sus ojos color marrón claro.

—Está un poco aislada —comentó.

—Apenas a un kilómetro de la ciudad. Casi puedo ver la casa de mi madre desde aquí.

—Es más pequeña que la casa de Cherry Lane.

—Podría encargarme de ella yo misma.

—¿Es que no quieres una asistenta?

—¿Por qué iba a quererla? No tengo otra cosa que hacer —añadí en voz baja. Y es que no era culpa de Martin, sino mía, el que hubiese dejado mi trabajo en la biblioteca de Lawrenceton antes siquiera de conocerlo. A medida que pasaba el tiempo, más lo lamentaba.

—Hay un apartamento sobre el garaje. ¿Querrías alquilarlo?

—Supongo que sí.

—Y que el garaje esté separado de la casa…

—Hay un pasillo cubierto.

Eileen tuvo el detalle de distraerse en otra parte mientras Martin y yo manteníamos nuestro pequeño debate.

—No puedes evitar preguntarte qué fue lo que les pasó —dijo ella más tarde, cerrando con llave la puerta tras de sí y echando la llave con su etiqueta al bolso.

Entonces Martin me miró con una repentina luz en los ojos.

Por eso, cuando intercambiamos los regalos nupciales, me quedé confundida ante la escritura de la casa de los Julius que él me ofrecía.

Él no se quedó menos pasmado al ver mi regalo. Había sido más lista que el hambre.

Yo también le había regalado una propiedad.

Escoger el regalo de Martin había sido terrible. Era incuestionable que no nos conocíamos demasiado bien y éramos muy diferentes. ¿Qué podía regalarle? ¿Alguna vez había mencionado algún capricho?

Me había sentado en el sillón de piel de la salita del adosado en el que había vivido durante años, intentando, frenéticamente, ordenar mis pensamientos hasta dar con el regalo perfecto. No tenía ni idea de lo que le había dado su exmujer, pero estaba decidida a que el mío fuese mucho más significativo. La gata Madeleine saltó de mi regazo sobre el cojín, desplazando su cálida masa al ritmo de sus ronroneos. Parecía saber cuándo empezaba a cansarme de ella y desplegaba una demostración de afecto evidentemente falsa. Madeleine había sido la mascota de Jane Engle, mi amiga solterona, que había muerto y me había legado toda su fortuna, así que supongo que la gata me recordaba las cosas buenas de la vida: la amistad y el dinero.

Y pensando en Jane derivé al hecho de que acababa de tramitar la venta de su casa, con lo cual ahora tenía más dinero aún si cabe. Pensé en las propiedades inmobiliarias, en general, y de repente supe lo que Martin quería.

Martin, sofisticado ejecutivo, procedía del Ohio rural, por extraño que parezca. La única relación que aquello tenía con su vida actual era su trabajo en Pan-Am Agra, fabricante de productos de cultivo en conjunción con algunos de los países latinoamericanos más agrícolas, especialmente Guatemala y Brasil. Su padre había muerto cuando Martin aún era joven y su madre se había vuelto a casar. Él y su hermana Barby nunca se habían llevado demasiado bien con el segundo marido, Joseph Flocken, sobre todo tras la muerte de la madre de Martin. Una vez me había dicho con amargura que la granja se estaba desmoronando porque su padrastro estaba demasiado consumido por la artritis para trabajar en ella, y aun así no quería vender, a pesar de los vehementes deseos de Martin y su hermana en ese sentido.

Por Dios que estaba dispuesta a comprársela.

Lo más difícil había sido dar con una razón convincente que justificase mi ausencia de la ciudad durante unos cuantos días. Al final, opté por decirle que iba a visitar a mi mejor amiga, Amina, que vivía en Houston y se encontraba en el segundo trimestre de su embarazo. La llamé para preguntarle si a ella y a Hugh no les importaría dejar que el contestador respondiese a las llamadas durante unos días. Yo la llamaría todas las noches por si Martin hubiese intentado ponerse en contacto conmigo, para devolverle la llamada desde Ohio. Amina pensó que mi idea era muy romántica y me recordó que no tardaría en dejarse caer por Lawrenceton con su marido Hugh para las fiestas previas a la boda y la propia boda.

—Me muero por conocer a Martin —me dijo felizmente.

—Ni se te ocurra desplegar tus encantos delante de él ahora —repuse con la misma jovialidad, y me di cuenta repentinamente de que, en el fondo, lo decía en serio. Me ponía bastante violenta al pensar en la posibilidad de que otra mujer cortejase a Martin.

—¿Qué encantos? —chilló Amina—. ¡Si parezco un jarrón chino, cariño!

Imaginé que su barriga ya debía de estar bastante abultada.

Terminamos con la charla habitual, pero mi reacción celosa me dio que pensar durante todo el vuelo a Pittsburgh (el aeropuerto más cercano) y durante la travesía en coche de alquiler hasta la ciudad más cercana a la granja de Martin. Corinth, como se llamaba la ciudad, que era más pequeña que Lawrenceton, presumía de un Holiday Inn donde reservé habitación, poco segura de las alternativas que podría encontrar.

Hay que entender que para mí era una aventura exótica. Aunque tuve que recordarme repetidas veces que la gente viaja sola a lugares desconocidos todo el tiempo, no podía evitar sentirme nerviosa. Había repasado el mapa innumerables veces durante el trayecto en avión y había hecho el papeleo para alquilar el Ford Taurus llena de ansia, maravillada ante el hecho de que nadie sabía dónde me encontraba.

Mi primera impresión de Corinth, Ohio, fue de extrañeza ante lo familiar que me parecía. Bien es cierto que la orografía difería ligeramente, así como el vestuario de sus habitantes, y puede también que la arquitectura dominante se compusiera más de edificios de ladrillo rojo que de casas de dos pisos; pero en realidad se trataba de un pequeño núcleo agrícola dispuesto alrededor de una ciudad con escaso espacio para aparcar, rebosante, eso sí, de tractores John Deere en la campa de las grandes rebajas, justo a las afueras de la ciudad.

Me inscribí en el Holiday Inn y llamé a una agencia inmobiliaria.

Solo había tres; Corinth es una localidad modesta en cuanto al negocio inmobiliario. La que se anunciaba como especialista en propiedades agrícolas («extensiones agrícolas») era la agencia Bishop. Dudé un momento, la mano posada sobre el auricular. Me disponía a mentir un poco y no estaba acostumbrada.

—Agencia Bishop, Mary Anne Bishop al habla —dijo una voz seca.

—Soy Aurora Teagarden —dije, pronunciando con claridad, y esperé a oír una muestra de asentimiento, que más bien se pareció a un carraspeo—. Me gustaría visitar algunas granjas de la zona, especialmente las que no estén en su mejor momento. Busco un lugar bastante aislado.

Mary Anne Bishop digirió la información en un pensativo silencio.

—¿Qué dimensiones tiene en mente? —preguntó finalmente.

—No demasiado grandes —respondí de forma vaga, ya que no le había sonsacado esa información a Martin.

—Podría reunir unas cuantas ofertas para mañana por la mañana —dijo la señora Bishop. Su tono era más bien cauto—. ¿Le importaría decirme si de verdad tiene pensado trabajar el campo? Si fuese más precisa en sus necesidades, podría serlo yo con las ofertas que encajasen mejor. —Se estaba esforzando sobremanera para no sonar hosca.

Cerré los ojos y respiré, aliviada de que no pudiera verme.

—Represento a una pequeña pero creciente comunidad religiosa —expliqué—. Buscamos una propiedad que podamos reparar nosotros mismos y modificarla de acuerdo con nuestras necesidades. Trabajaremos parte de las tierras, pero en realidad queremos el terreno extra para asegurarnos cierta intimidad.

—Bien —dijo la señora Bishop—, no serán de la Iglesia de la unificación, ¿verdad? O de esos druvidianos.

¿Druidas? ¿Davidianos?

—No, por Dios —dije con firmeza—. Somos pacifistas cristianos. No creemos en la bebida ni el tabaco. No vestimos de forma atrevida o pedimos donaciones por las esquinas de las calles. ¡Ni siquiera predicamos en las tiendas ni nada por el estilo!

No sin cierto esfuerzo, la señora Bishop se unió a mí en una risa ligera. Me facilitó unas indicaciones muy precisas para llegar a su oficina, me recomendó un par de restaurantes para la cena («Si le está permitido») y se despidió hasta la mañana siguiente.

Localicé una máquina expendedora de bebidas, compré una Coca-Cola y vi las noticias mientras tomaba un *bourbon* con cola, elaborado gracias a la mitad de la botella que me habían dado en el avión. Me alegré de que la señora Bishop no estuviera presente para contemplar el comportamiento de esta supuesta feligresa de un culto sagrado.

Tras un instante durante el cual me sentí extrañamente anónima en esa pequeña ciudad donde nadie me conocía, conduje sin rumbo fijo bajo la luz menguante por lugares donde Martin seguramente tenía amigos y conocidos; chicas con las que había salido y chicos con los que había compartido borrachera. Algunos de ellos, puede que todos, seguramente aún vivían allí. Quizá sus compañeros en Vietnam. Y puede que ellos hablasen tan poco de la guerra como el propio Martin.

Me sentía como si estuviese mirando a hurtadillas en su vida.

Como de costumbre, me había llevado un libro en el bolso (esa noche tocaba una edición de bolsillo de *Stalker*, de Liza Cody) y lo leí mientras cenaba en el restaurante que la señora Bishop me había recomendado. El menú me resultó ligeramente extraño; no constaba de ninguno de los platos tradicionales sureños; pero el chile estaba bueno y, no sin reticencia, me dejé la mitad de todo en el plato. Ya había pasado los treinta y la gravedad y las calorías parecían tener más efecto que de costumbre. Cuando mides un metro cincuenta, unas cuantas calorías extra abultan mucho.

Nadie me molestó y la camarera era amable, así que puedo decir que me lo pasé bien. Interpreté la ligera lluvia nocturna como una señal de que no debería pasear o salir a correr esa noche, a pesar de haberme acordado de llevar la sudadera y las zapatillas deportivas. Para calmar mi conciencia, hice unos estiramientos y algo de gimnasia al volver a la habitación. El ejercicio alivió la sensación de agotamiento que me habían dejado el avión y la larga travesía en coche. Llamé a Amina para comprobar cómo iba todo. Me dijo que Martin había dejado un mensaje en su contestador no haría ni media hora.

Sonreí fatuamente, ya que no había nadie allí para verme, y lo llamé. Tan pronto como oí su voz lo eché de menos con una terrible melancolía. Imaginé su denso pelo blanco, meticulosamente peinado, sus negras cejas arqueadas y sus ojos marrón claro, así como sus musculosos brazos y pecho. Había dicho al contestador que estaba en el trabajo, así que pude imaginármelo en un gran escritorio, cubierto por toneladas de papeles, aunque escrupulosamente organizados. Llevaría una inmaculada camisa blanca, pero se habría quitado la corbata tan pronto como el último empleado se hubiera marchado. La chaqueta del traje estaría colgada de una percha acolchada, colgada a su vez de un gancho en la pared de su propio cuarto de baño.

Lo amaba con locura.

No era capaz de recordar haberle mentido con anterioridad. Tendría que seguir recordándome dónde se suponía que estaba.

—¿Habla Amina mucho sobre el bebé? —preguntó Martin.

—Oh, sí. Tiene programado empezar a practicar *lamaze** dentro de un par de meses y Hugh insiste en entrenarla. —Dudé un instante—. ¿Practicaste *lamaze* cuando nació Barrett?

—No recuerdo haber ido al cursillo, pero estuve allí cuando vino al mundo, así que supongo que Cindy sí lo hizo —dijo, poco seguro.

Cindy era su primera esposa y madre de Barrett, el único hijo de Martin, quien a su vez intentaba labrarse el éxito como actor en Los Ángeles.

Martin seguía hablando:

---

* Técnica de parto natural empleada como alternativa a la intervención médica. (*N. del T.*)

—Roe, ¿el embarazo de Amina te está dando ideas?

No estaba muy segura de cuál era su estado de ánimo, a juzgar por la voz. Últimamente hablaba mucho de Barrett y sentía que no era el mejor momento para hablar de más hijos.

—¿Qué opinas al respecto? —le pregunté.

—No lo sé. Soy un poco mayor para ponerme a cambiar pañales. Me da vértigo la idea de empezar de nuevo con todo eso.

—Podemos hablar de ello cuando vuelva a casa.

Seguimos hablando de otras cosas que Martin quería hacer cuando volviese a casa. Por afortunada coincidencia, yo también estaba deseando hacerlas.

Tras colgar, me hice con la pequeña guía telefónica de Corinth. Antes de pensarlo siquiera, la abrí por la B.

Bartell, C. H., 1202 de Archibald Street.

Vale, puede que suene raro, pero hasta ese momento no se me había ocurrido que la exmujer de Martin pudiera seguir viviendo en Corinth.

Me sorprendió mi propio deseo fervoroso de ver a Cindy Bartell. Unos celos particularmente ridículos habían prendido en mi corazón: quería verla.

Acertadamente o no, tomé la decisión de contemplar con mis propios ojos a Cindy Bartell mientras estuviese en la ciudad. Me quité las gafas y me relajé sobre la rígida cama del motel con la incómoda sensación de que estaba comportándome como una estúpida, intentando recordar a qué se dedicaba Cindy. Seguro que Martin lo había mencionado en algún momento. No era de los que hablaban mucho de su pasado, aunque parecía fascinado por la placidez del mío.

Casi me quedé dormida con la ropa puesta. Cuando me obligué a levantarme para lavarme la cara y ponerme el camisón, por fin rescaté de la memoria que Cindy Bartell era, o había sido en su día, florista.

La guía indicaba que había una floristería llamada Flores Cindy.

Me quedé dormida como un tronco sin haber decidido aún si mi buen gusto o el sentido común me mantendrían alejada de la tienda de Cindy.

A la mañana siguiente me duché a toda prisa, me recogí la espesa masa de largo pelo en un moño con la esperanza de que el peinado me hiciera parecer religiosa, me maquillé discretamente y limpié las gafas con cuidado. Me puse un traje, uno de color caqui, con una blusa de seda color bronce y unos modestos zapatos marrones. Quería parecer muy respetable, para tranquilizar a la señora Bishop, al tiempo que deseaba que el aspecto religioso fuese lo bastante reprochable como para tentar a Joseph Flocken a vender la granja a pesar de sus hijastros. Por desgracia desconocía su ubicación, ya que Flocken no constaba en la guía telefónica. Solo esperaba divisarla mientras me desplazaba con la vendedora.

Me escruté en el espejo del motel. Pensé que pasaría cualquier examen al que la señora Bishop pudiera someterme y salí a tomar un desayuno ligero antes de reunirme con ella.

Sus indicaciones resultaron excelentes, lo cual me dijo mucho acerca de su eficiencia.

La agencia Bishop se encontraba en una vieja casa que daba a Main Street. En cuanto entré en la recepción se abrió una puerta, a la derecha, de la que surgió una mujer rubia, alta y corpulenta. Lucía un traje azul marino barato y una blusa blanca.

—Que Dios la proteja —dije sin preámbulos.

—¿Señorita Teagarden? —dijo, cautelosa, tras echar un vistazo a mi dedo anular. Por supuesto, había dejado mi anillo de compromiso en un bolsillo con cremallera de mi bolso. No encajaba muy bien con mi nueva imagen.

—Tengo unos cuantos sitios que enseñarle esta mañana —informó Mary Anne Bishop, aún visiblemente incómoda conmigo—. Espero que alguno de ellos sea de su agrado. Deseamos que su grupo se establezca en nuestra zona. Es una Iglesia, ¿me equivoco? —Me indicó con un gesto que entrásemos en su despacho y, una vez allí, nos sentamos.

—Somos una pequeña agrupación pacifista —expliqué con similar cautela, rehuyendo las exenciones fiscales y demás tecnicismos relacionados con los grupos religiosos—. Nos gusta la intimidad —proseguí—. Por eso queremos una granja a cierta distancia de la ciudad, una que podamos restaurar.

—Y, como mínimo, ¿cuánto buscan? ¿Sesenta acres? —preguntó la señora Bishop.

—Oh, sí, como mínimo. O más. Eso depende —argumenté vagamente. No tenía ni idea de la extensión de la granja Bartell/Flocken.

—Disculpe la indiscreción, pero me preguntaba por qué su grupo se ha interesado en esta parte de Ohio. Usted parece del sur y hay muchas granjas disponibles en aquella zona.

—Dios nos dijo que viniésemos aquí —dije.

—Oh —respondió la señora Bishop inexpresivamente. Encogió sus anchos hombros y adoptó su sonrisa de vendedora—. Bueno, pues vayamos a buscar un sitio que sea de su agrado. Iremos en mi Bronco, ya que vamos a mirar granjas.

Así que, durante toda una mañana, recorrí los campos de Ohio con Mary Anne Bishop en busca de tierras, vallas y granjas destartaladas, pensando en lo frías y aisladas que podrían ser algunas de ellas en invierno, en qué aspecto tendría la tierra cubierta de nieve. Temblé solo de imaginarlo.

Ninguna de las que vi era la de Martin.

¿Cómo iba a arreglármelas para que me enseñara la que estaba buscando? Estaba claro que Flocken no la había incluido en la lista de ninguna agencia, limitándose a ocuparla para que no lo hicieran Martin y Barby. Empecé a odiar a Joseph Flocken, y eso que aún no lo conocía.

Regresamos a la ciudad para almorzar, tras lo cual Mary Anne se excusó para comprobar sus citas de la tarde. Me quedé sentada, a solas, en la sala de espera, cruzando los dedos para dar con la propiedad que buscaba. Y podía ser que, incluso en ese caso, el hombre no quisiera vender. Me levanté para mirarme en un espejo colgado de la pared, sobre una pequeña mesa decorativa, un poco más cerca del despacho de Mary Anne. Mi pelo, que tiene vida propia, se estaba escapando del moño, formando un halo castaño sobre mi cabeza. Inicié las tareas de remiendo.

Descubrí que, si me esforzaba, podía oír lo que Mary Anne estaba diciendo al otro lado.

—Pues la llevaré esta tarde, Inez, si te viene bien. No, no lleva ropa rara ni nada por el estilo. Es bajita, joven y lleva un traje caro.

«¡Demonios! Tenía que haber comprado algo en WalMart».

—…pero es muy educada y no tan rara como cabría esperar. Y un fuerte acento sureño, ¡ya sabes!

Arrugué el gesto.

—No, no creo que al pastor le importe —dijo Mary Anne de modo persuasivo—. Es obvio que este grupo no bebe ni fuma o siquiera usa armas. Solo pueden tener una mujer. Suena bastante respetable, y si se quedan a las afueras por su cuenta…

bueno, ya sabes, pero parece que tiene dinero… Vale, nos vemos ahora.

Mary Anne salió a grandes zancadas de su despacho con el rostro iluminado y varios papeles con los lugares que veríamos por la tarde. El corazón se me cayó a los pies para unirse con mi estado de ánimo.

Fue una larga tarde. Aprendí más de la agricultura a mitad de temporada en Ohio de lo que jamás he querido saber. Conocí a muchas personas agradables que deseaban vender sus granjas y sentí lástima por la mayoría de ellas, víctimas de los malos tiempos económicos que corrían. ¡Pero no podía permitírmelas todas!

A las cuatro ya habíamos visitado todas las granjas de la lista de Mary Anne Bishop. Nos quedaban otros tres sitios para la mañana siguiente. Fingí interesarme por dos de las propiedades que habíamos visitado, pero les puse las pegas suficientes para justificar las ganas de seguir con la gira al día siguiente. Ya estábamos bastante hartas la una de la otra cuando me metí en mi coche de alquiler, que había permanecido aparcado enfrente de su oficina durante todo el día. Un par de veces intenté llevar la conversación a los años en que Martin creció en la ciudad, pero ella nunca mencionó a los Bartell, a pesar de que tanto ella como su marido eran autóctonos.

Echaba terriblemente de menos a Martin.

Casi había terminado de leer mi libro, por lo que, en cuanto vi una librería, de regreso al motel, aparqué, llena de expectación. Me siento como en casa en cualquier sitio donde haya muchos libros. Se trataba de un agradable y pequeño establecimiento que compartía calle con una lavandería y un salón de belleza. La campanilla sobre la puerta sonó al entrar y una mujer de pelo gris alzó la mirada del ejemplar de bolsillo que estaba leyendo al otro lado de la caja registradora. Me detuve en la puerta, saboreando la sensación de verme rodeada de palabras.

—¿Busca algo en particular? —preguntó cordialmente. Sus gafas eran del mismo color que su pelo, pero, por desgracia, su ropa era fucsia. No obstante, mostraba una sonrisa maravillosa y tenía una voz agradable.

—Solo quería echar un vistazo. ¿La sección de misterio?

—Está al fondo —indicó antes de volver a su libro.

Pasé unos agradables quince o veinte minutos. Descubrí sendos trabajos de James Lee Burke y Adam Hall que no había leído. La sección de crímenes auténticos resultó decepcionante, pero estaba dispuesta a pasarlo por alto. No todo el mundo es un bicho tan raro como yo.

La mujer me cobró los libros con el mismo aire feliz de vive y deja vivir. Casi sin pensarlo, le pregunté dónde podría encontrar Flores Cindy.

—Doblando la esquina, una manzana más abajo —informó sucintamente, y reabrió su libro.

Arranqué el motor del coche de alquiler y dudé durante unos treinta segundos antes de poner rumbo a Flores Cindy en vez de al Holiday Inn.

Desde fuera parecía un establecimiento próspero, con un bonito escaparate decorado con motivos de la Pascua. Me retoqué el maquillaje de la nariz y me quité las horquillas del pelo, cepillándolo antes de salir del coche. La fachada de la tienda exhibía tanto plantas artificiales como naturales, así como algunas muestras de arreglos especiales para bodas y funerales. Había un gran cajón refrigerador que servía como mostrador. La amplia zona de trabajo de la trastienda estaba prácticamente a la vista. Allí se afanaban dos mujeres. Una de ellas, una rubia de bote de unos cincuenta años, estaba colocando cirios blancos en una cruz de poliestireno. La otra, cuyo pelo era muy corto y negro y tendría unos diez años menos, estaba elaborando un ramo de «Enhorabuena por el niño» en un cesto de mimbre azul con forma de cuna. El de florista es un oficio que exigía un rito de iniciación, como el de restaurador o el de pastor.

Las dos mujeres se miraron mutuamente para decidir quién me atendería. La morena dijo:

—Termina lo tuyo, Ruth, que ya casi está.

Se adelantó rápida y silenciosamente con sus prácticas Nike, complaciente, aunque sin disimular que tenía prisa.

—¿En qué puedo ayudarla? —preguntó.

Sus ojos eran grandes y llevaba un corte de pelo estilo *pixie*. Su cuerpo y su rostro eran igual de delgados. Lucía un maquillaje maravillosamente aplicado y unas gafas con lentes bifocales. Sus uñas eran largas y ovaladas, además de cubiertas por una laca de tono claro.

—Eh… he venido a pasar un par de días y me acabo de dar cuenta de que mañana es el cumpleaños de mi madre. Me gustaría mandarle unas flores.

—Del soleado sur —comentó mientras cogía papel y bolígrafo—. ¿Qué tiene pensado?

No estaba acostumbrada a que me identificaran con tanta facilidad. Cada vez que abría la boca la gente sabía con seguridad algo sobre mí: que no era de por allí.

—Una mezcla de flores primaverales, algo que ronde los cuarenta dólares —dije al azar.

Ella tomó nota.

—¿De dónde es usted? —preguntó de repente, sin levantar la vista del papel.

—De Georgia.

Detuvo su mano un segundo.

—¿Adónde quiere que las envíe?

Oh, oh. Yo solita me había metido en ese berenjenal. De haber contado con el cerebro del que Dios había dotado a las cabras, habría dado las señas de Amina, pero como ya había dicho que eran para mi madre me sentí en la estúpida obligación de mandárselas realmente a mi madre. Me había pasado el día engañando, y quizá ya empezaba a acusar el esfuerzo.

—Al 1214 de Plantation Drive, Lawrenceton, Georgia.

Ella siguió apuntando tranquilamente mientras yo emitía un inaudible suspiro de alivio.

—Hay una hora más en Georgia, así que no sé si podré mandar nada hoy —indicó Cindy Bartell—. Llamaré a primera hora de la mañana e intentaré encontrar a alguien que pueda entregarlas mañana. ¿Le parece bien?

Alzó la vista para secundar su pregunta.

—Perfecto —dije sin mucha convicción.

—¿Un número para localizarla aquí?

—Estoy en el Holiday Inn. —No era guapa; era espectacular. Y medía sus buenos quince centímetros más que yo.

—¿Cómo desea pagar?

—¿Qué?

—¿En metálico? ¿Con tarjeta de crédito? ¿Cheque?

—En metálico —dije, convencida, ya que así no tendría que darle mi nombre. Creía que estaba siendo astuta.

Me quedé mirando a la mujer rubia mientras trabajaba en la cruz funeraria; siempre disfruto viendo cómo otros hacen algo bien. Cuando devolví la vista a Cindy Bartell me percaté de que me había estado observando. Dirigió la vista a mi mano izquierda, pero, claro, mi anillo de compromiso seguía en el bolsillo del bolso.

—¿Tiene usted familiares por aquí, señorita?

—No —dije con una amable sonrisa. Cogí el dinero.

No es que me falten recursos.

Mientras me compraba la cena en un restaurante de comida rápida y me la llevaba al Holiday Inn me pregunté por qué había cometido una estupidez de ese calibre. No conseguí dar con una respuesta satisfactoria. Nunca había dado demasiada importancia al pasado de Martin y de repente sentía esa sobrecogedora curiosidad. Supongo que la potencial segunda esposa de alguien siempre se pregunta cómo era la primera, ¿no?

Vi las noticias mientras cenaba, el libro abierto sobre la mesa para ocupar los ojos durante los anuncios. Era todo un alivio volver a ser una misma después de toda una jornada fingiendo ser otra. Si bien disfrutaba imaginando tal o cual cosa de vez en cuando, el engaño sostenido era una cosa totalmente diferente.

La llamada a la puerta me dio un sobresalto.

Nadie, salvo Amina, sabía que estaba allí, y ella estaba en Houston.

Tiré las sobras de la cena en el cubo de la basura de camino a la puerta. Había puesto la cadena. La puerta se abrió con un crujido.

Allí estaba Cindy Bartell con aspecto tenso y miserable.

—Hola —la tanteé.

—¿Puedo pasar?

Me asaltaron unos pensamientos siniestros: «Mujer despechada asesina a futura segunda esposa en una habitación de motel».

Ella interpretó mi titubeo correctamente.

—Quienquiera que seas, no quiero hacerte ningún daño —dijo seriamente, como si se sintiera tan abochornada como yo por todo el melodrama.

Terminé de abrir la puerta y me hice a un lado.

—¿Eres? —Se quedó en medio de la habitación, pasándose las llaves de una mano a otra—. ¿Eres la nueva novia de Martin?

—Sí —asentí tras pensarlo un momento.

—Entonces no me estoy volviendo loca. —Parecía aliviada.

Pero yo creía que eso estaba por ver. Se produjo una extraña pausa. Ahora sí que no sabíamos qué decir.

—Como sabes —se arrancó— o creo que sabes... —Hizo una pausa para arquear las cejas a modo de interrogación. Yo asentí—. Entonces sabes que soy… era la mujer de Martin.

—Sí.

—Martin no sabe que estás aquí.

—No. He venido a comprarle un regalo de boda. —La invité a sentarse en una de las dos incómodas sillas dispuestas a ambos lados de la mesa redonda. Se sentó apenas al borde sin parar de jugar con el llavero.

—Le dijo a Barrett que se iba a volver a casar y Barrett me llamó —explicó—. Barrett dijo que su padre le había comentado que eras muy bajita —añadió irónicamente—, y no bromeaba.

—Para la boda —dije sin perder la compostura— quiero comprarle la granja en la que se crió. ¿Sabrías decirme dónde está? No se lo he dicho a la vendedora porque deducirá que la quiero por alguna razón, y Joseph Flocken no la venderá si sabe que se la voy a regalar a Martin.

—Tienes razón, no lo hará. Te diré lo que necesitas saber. Pero luego te daré un consejo. Eres mucho más joven que yo —suspiró.

—Comprarle la granja me parece una buena idea —comenzó—. Siempre ha odiado la idea de que esté en manos de cualquier otro, especialmente si esa persona deja que se caiga a trozos. Pero Joseph siempre se la ha tenido jurada a Martin, aunque tampoco tragaba demasiado a Barby. A mí tampoco, por cierto. Una de las desventajas de casarse con Martin es que Barby se convierte en tu cuñada. Lo siento, me prometí que no me comportaría como una zorra. Barby ha tenido una adolescencia difícil. La razón de que los hermanos y Flocken se lleven tan mal (no me lo ha contado Martin, sino Barby) es que ella se quedó embarazada a los dieciséis, y cuando el señor Flocken lo descubrió, se levantó delante de toda la iglesia (que tampoco es una de esas a las que vaya mucha gente, sino uno de esos templos sin sesgo o sin sexo, ¡ja!) y se lo contó a todos los presentes, con la pobre Barby sentada allí, para pedirles consejo. Al final la metió en una de esas residencias, perdió un año de instituto, tuvo al bebé y lo dio en adopción. Y, por supuesto, no te creas que le pasó nada al supuesto padre, que se paseó por ahí diciendo lo zorra que era ella y lo machito que era él. Así que Martin le dio una paliza y se ganó el odio del señor Flocken.

Qué relato más terrible. Intenté imaginar lo que sentiría al ser delatada públicamente de esa manera y eso me bastó para sentir un escalofrío.

—Bueno, la granja está al sur de la ciudad, por la Ruta 8, pero no se ve la casa desde la propia carretera. Tienes que encontrar un buzón en la puerta con el nombre de Flocken.

Apunté la dirección en el pequeño bloc del motel que estaba en el cajón de la mesilla, bajo el teléfono.

—Gracias —le dije, preparándome para cualquier cosa.

—Martin tiene muchas cosas buenas —soltó Cindy de improviso.

Me estaba dando las buenas noticias antes de las malas.

—Pero no lo sabes todo sobre él —prosiguió muy lentamente.

Era algo que sospechaba desde hacía mucho tiempo.

—No quiero saber nada hasta que él decida contármelo —declaré.

Eso la paró en seco. Yo apenas podía creer que esas palabras hubieran salido de mi boca.

—No me digas nada —pedí—. Tiene que hacerlo él.

—Nunca lo hará —respondió con tranquila certeza. Luego torció la boca—. No quiero malmeter, y te deseo toda la suerte… creo. Nunca se ha portado mal conmigo. Es solo que nunca me lo contó todo.

La observé mientras ella perdía la mirada en un rincón de la habitación, aunando fuerzas, lamentando en tiempo real su despliegue emocional. Entonces, simplemente, se levantó y se marchó.

Tuve que echar mano de toda mi fuerza de voluntad para no levantarme e ir tras ella.

A la mañana siguiente volví a reunirme con Mary Anne Bishop en su oficina. Ese día me había levantado con ganas de ir al grano. Le pregunté qué granjas íbamos a visitar, miré el listado y pedí que fuésemos primero por la Ruta 8. Algo desconcertada, aceptó, y partimos enseguida. Observé cuidadosamente cada buzón a medida que íbamos pasando delante de las propiedades y vi el que lucía un letrero con el apellido Flocken justo antes de la granja que teníamos programado visitar, cosa que hicimos a toda prisa. Fui allanando el camino diciendo a Mary Anne que la zona me gustaba, pero que la granja era demasiado pequeña. De regreso a la ciudad, le pregunté por el camino que partía del buzón y discurría por una colina baja. Al parecer, la granja no debía de andar muy lejos.

—Me gusta que la granja no se vea desde la carretera —comenté—. ¿Quién es el dueño de esa propiedad?

—Oh, esa es la granja Bartell —respondió al instante—. El actual propietario se llama Jacob no, Joseph Flocken y tiene reputación de cascarrabias. —Paró el coche en el arcén y se golpeó ligeramente los dientes con un lápiz mientras pensaba.

—Podríamos pasarnos a ver —se decidió Mary Anne—. Tengo entendido que quiere mudarse, así que, aunque no haya incluido su granja en una lista, podemos comprobarlo.

La granja era amplia y decadente. En su día debió de ser blanca, pero ahora la pintura se descascarillaba y las contraventanas colgaban desvencijadas. Tenía dos pisos; era corriente, gruesa. El granero, situado a la derecha y cien metros por detrás, estaba mucho peor que el resto. Hacía ya algún tiempo que servía de cobijo para animales o eso parecía. Un tractor oxidado yacía volcado en un campo de maleza y barro.

Un hombre alto y enjuto salió por la chirriante puerta enmallada. No llevaba la dentadura puesta y se apoyaba pesadamente en un bastón; pero iba afeitado y su aspecto general era limpio.

—¡Buenos días, señor Flocken! —saludó Mary Anne—. Esta señorita quiere comprar una granja y se preguntaba si podría echarle un vistazo a la suya.

Joseph Flocken no dijo nada durante un prolongado instante. Me contempló con suspicacia.

Le devolví la mirada, esforzándome por irradiar un aspecto candoroso.

—Represento a los trabajadores del Señor —improvisé—. Deseamos comprar una granja, por esta zona, que requiera una renovación, un lugar apartado en el que podamos trabajar. Cuando hayamos terminado, usaremos los dormitorios para dar cobijo a nuestros feligreses.

—¿Por qué esta granja? —dijo, hablando por primera vez.

Mary Anne me miró. Ella también se preguntaba por qué.

—No solo reúne las condiciones que mi Iglesia me ha indicado —dije convencida, rezando a la vez por el perdón—, sino que Dios me ha guiado hasta aquí.

Podía ver por el rabillo del ojo que Mary Anne miraba el desastre de barro y maleza con escepticismo. Quizá pensaba que Dios me la tenía jurada.

—Bueno, pues eche un vistazo —decidió Joseph Flocken bruscamente—. Y luego pase a la casa para verla.

Fuera no había gran cosa que mirar, así que intercambiamos comentarios murmurados sobre superficies, derechos de paso y pozos, antes de pasar a la casa.

La casa de la infancia de Martin.

Tenía que reconocer el mérito de Flocken por intentar mantener la cocina, el baño de abajo y el dormitorio limpios. Por lo demás, tampoco se había molestado demasiado, y a la vista de los dolores que padecía cada vez que se movía, no podía culparlo. Intenté imaginarme a Martin de niño saliendo a la carrera por la puerta de esa cocina para jugar, subiendo las escaleras para irse a la cama, pero no pude. A pesar de la inmensa diferencia que hubieran supuesto unos padres cariñosos, no veía en ese lugar más que soledad y sombras. Tantas eran mis ganas de irme de allí que mi negociación por la granja resultó algo abstracta. Por supuesto que Flocken se deleitó en los detalles acerca de cómo los miembros de la Iglesia tendrían que batirse el cobre para proporcionarse su propio cobijo, así que se me ocurrieron varias referencias a las estrictas costumbres de trabajo que mi Iglesia requería y fomentaba. Asintió con su cabeza gris para demostrar su aquiescencia. Ese hombre no quería que nadie diese un paso sin pagar peaje; ni siquiera que el viaje fuese agradable.

Mary Anne y él empezaron a negociar el precio de venta, y fue entonces cuando me di cuenta de que había ganado. Solo había hecho falta que alguien se interesara, alguien que a ojos de ese hombre fuese quien menos mereciese la granja en opinión de Barby y Martin.

Quería irme.

Me eché hacia delante y miré sus mezquinos ojos.

—Le daré esta cantidad, ni un centavo más —declaré antes de exponer la cantidad.

—Es un precio justo —observó Mary Anne.

—Vale más —discutió el hombre.

—Ni hablar —salté.

Parecía desconcertado.

—Es usted una personita muy dura —admitió al final—. Está bien, pues. No creo que soporte otro invierno aquí y mi hermana, en Cleveland, tiene una habitación libre donde dice que me puedo quedar.

Y así, sin más, lo conseguí.

Le estreché la mano con reticencia, pero lo que contaba era que lo había logrado.

CAPÍTULO 2

La compra fue como la seda, ya que no había que esperar a la concesión de ninguna hipoteca. Pensé que tendría que hacer muchos trámites por correo o, quizá, volver por allí, pero, para alivio mío, no fue necesario. Los trámites esenciales se llevaron a cabo en tres días. Antes de regresar con mi coche de alquiler al aeropuerto de Pittsburgh hice un par de visitas más a la librería, comí en cada restaurante de la ciudad y evité rigurosamente la floristería de Cindy. Si hubiese podido decir quién era en realidad, quizá hubiese podido pasar algún tiempo con la gente que conoció al hombre que amaba, pero tenía que mantener mi papel cada vez que salía de la habitación del motel. Parecían escasas las probabilidades de que alguien averiguara por qué quería realmente la granja, alguien que simpatizara lo suficiente con Joseph Flocken como para decírselo; pero no quería arriesgarme. Así que mantuve un comportamiento ejemplar, saliendo a correr por la mañana, intentando no comer demasiado por puro aburrimiento y visitando todos los comercios locales, hartándome pronto de Corinth, Ohio, antes de salir de allí.

Me juré que jamás volvería a recogerme el pelo en un moño.

Me hubiese gustado, tan fervientemente, que Martin me esperase en el aeropuerto, que podía sentirlo, pero entonces él querría saber por qué estaba esperando un vuelo de Pennsylvania, y yo no quería darle su regalo de boda en un aeropuerto.

Al salir del avión en Atlanta me sentí más relajada de lo que había estado en toda la semana anterior. Llevando mi equipaje como si pesase menos que una pluma, localicé mi viejo coche en el aparcamiento del aeropuerto, pagué la exorbitante cantidad para llevármelo y conduje hacia Lawrenceton, deleitándome al fin por estar en casa, en casa, en casa.

Al pasar junto a la planta de la Pan-Am Agra tuve que detenerme.

Solo había estado allí un par de veces y me sentía fuera de lugar. Al menos la secretaria de Martin me conocía.

—Celebro su regreso —dijo la señora Sands afectuosamente, su voz de abuela contrastando con el pelo teñido de negro y el traje color lavanda—. A lo mejor ahora se pone más contento.

—¿Ha pasado algo?

—Bueno, ha recibido algunos correos de Sudamérica que le han irritado bastante. Ese día no se despegó del teléfono, pero ya está bien. Llega justo a tiempo. Adelante, pase.

Llamé antes de entrar. Estaba trabajando. Miraba hacia la puerta cuando entré.

Soltó el bolígrafo, giró en la silla y rodeó el escritorio en un abrir y cerrar de ojos.

Al cabo de unos minutos pude decir:

—Deberíamos echar el pestillo o posponerlo a esta noche.

Martin echó un vistazo al reloj.

—Creo que será mejor que lo dejemos para esta noche. —Las palabras le costaron un esfuerzo—. Debería estar esperándome alguien en la recepción ahora mismo. Lo más seguro es que la señora Sands se esté preguntando qué me pasa. Aun así no me importa que siga esperando.

—No —me resistí, tratando de no ceder a las cosquillas de la risa que estaba reprimiendo—. He de confesar que me siento un poco incómoda sabiendo que la señora Sands está justo al otro lado de la puerta. ¿Esta noche?

—Saldremos a cenar —dijo—. Sé que no te apetecerá cocinar y yo no habré acabado aquí hasta las siete; no tendré tiempo.

Las habilidades culinarias de Martin se limitan a los filetes a la plancha, pero nunca le ha importado cocinar.

—Hasta entonces —susurré antes de darle un último beso.

Intentó retenerme, pero me escabullí y le lancé una sonrisa maliciosa por encima del hombro antes de marcharme.

—Adiós, señora Sands. —Me despedí con lo que esperaba que fuese una voz contenida. Quizá hubiese sido más eficaz percatarme de que ya no llevaba la blusa metida en la falda. Atravesé la estancia a toda prisa, apenas atisbando por el rabillo del ojo al hombre de piel oscura que, supuestamente, esperaba para ver a Martin. Tenía un poblado bigote que recordaba a un pirata, denso cabello negro y brazos musculosos. Parecía más el portero de una discoteca que un candidato a ocupar un puesto.

Llamé a mi madre desde el adosado para comunicarle que ya estaba en casa y me puse al día de lo que había pasado en la ciudad durante mi ausencia.

—Gracias por las flores, Aurora. No sé qué celebramos, pero son realmente preciosas.

Di un respingo. Había olvidado por completo el envío de flores desde Ohio. Murmuré algo para quitarle importancia.

—¿Ya has visto a Martin? —me preguntó mi madre. Parecía que iba con segundas. Me la imaginé en su escritorio de Select Realty, delgada y elegante, dueña de sí misma, un vivo retrato de Lauren Bacall.

—Sí, he hecho una parada en su despacho, pero no tenía mucho tiempo. Vamos a salir esta noche.

—Si hubiese tenido antenas, habrían estado apuntadas hacia mi madre. Algo se cocía—. ¿Cómo está John? —le pregunté.

—Está bien —dijo con afecto—. Se ha estado dedicando a plantar el jardín.

—¿En el patio trasero?

—Sí, ¿algún problema?

—No, no —me apresuré a decir. Si en algún momento había dudado de que mi madre adorara a su nuevo cónyuge, ahora sabía que así era. Ni en un millón de años habría permitido que nadie hiciera hoyos en su ordenado patio trasero para plantar tomates.

Colgué el teléfono meneando la cabeza, decidida a posponer la recogida de Madeleine del veterinario hasta el día siguiente, y llevé la maleta arriba para deshacerla, felizmente, en mi dormitorio.

Me deshice de lo que quedaba de mi viaje fuera del estado en la ducha. Me sequé el pelo. Dormí una siesta. Al despertarme, bajé al sótano para meter la ropa sucia en la lavadora. La vecina que había estado recogiendo mi correo vino a dármelo. Se lo agradecí y se fue. Me quedé junto a la encimera, ojeando el montón de correspondencia. De repente, dejé caer todos los panfletos de anuncios de los nuevos balnearios y los sorteos al suelo de formica beis.

Quizá estuviese cansada o alterada por el cambio de mi rutina… No sé por qué, pero de repente me estaba preguntando por qué me iba a casar con Martin. Había lagunas en su historia. Había más de lo que aparentaba. A veces veía en él a un hombre de habilidades escalofriantes. Podía ser muy duro y despiadado.

Pero no conmigo.

Me estaba poniendo sensiblera y tonta. Me encogí de hombros física y mentalmente, sacudiéndome de encima el dramatismo en el que me había sumido. Parecía la protagonista de una de esas novelas románticas, como esas chicas que piensan con la vagina. Intenté imaginarnos a Martin y a mí posando para una de esas portadas, yo con un corpiño artísticamente caído y él con su camisa de chorreras estratégicamente raída. Y, para completar la estampa, añadí mis gafas favoritas con su llamativa montura roja y las de media montura que se ponía Martin para leer. Me reí. Tras maquillarme y escoger vestido, uno que me había comprado Martin haciéndome prometer que no me lo pondría más que con él, ya me sentí mejor.

En realidad, había dicho: «No te lo pongas nunca a menos que estés conmigo, porque estás tan atractiva con él que temo que alguien se te eche encima».

A lo mejor esa era la razón por la que me iba a casar con Martin.

Llegó a las siete en punto. Había guardado la escritura en el bolso. Estaba decidida a no ceder a la tentación. Teníamos que llegar al restaurante, porque me había hecho la imagen mental de intercambiar los regalos allí y no podía deshacerme de ella. Lo suyo hubiera sido esperar a la cena de ensayo, pero estaba convencida de que no podría guardar el secreto hasta entonces, aunque solo fuesen tres semanas.

Fuimos al Carriage House, por ser uno de los establecimientos más refinados de Lawrenceton, y el motivo de nuestra cena así lo requería.

Pedimos las bebidas y luego la comida.

—Es pronto para hacer esto, Roe —dijo Martin, estirando el brazo sobre la mesa para cogerme de la mano—, pero tengo tu regalo y te lo quiero dar esta noche.

—Yo también tengo el tuyo —respondí. Nos reímos. Ambos estábamos nerviosos ante el intercambio. Supuse que me habría comprado una pulsera de diamantes o un coche nuevo (algo caro y maravilloso), pero nunca imaginé que sería una verdadera sorpresa. Hurgó en un bolsillo de su abrigo y sacó el sobre de un documento legal.

¿Había cambiado el testamento? Vaya, qué romántico. Solté su mano y cogí el sobre, procurando mantener la inexpresividad para que no viese decepción en mí. Saqué un rígido papel, lo desdoblé y empecé a leer, esforzándome para entenderlo. Enseguida lo pillé.

Era la nueva propietaria de la casa de los Julius.

Sentí que los ojos se me llenaban de lágrimas. Era algo que odiaba; se me pone la nariz roja, se me inyectan los ojos en sangre y me fastidia todo el maquillaje. Pero, ajenos a mi voluntad, los ojos se me desbordaron.

—Sabes cuánto significaba para mí —dije en voz contenida—. Gracias, Martin —dije, recogiendo la servilleta de tela para secarme suavemente la cara. A continuación, saqué mi propio sobre legal del bolso y lo deslicé sobre la mesa. Lo abrió con la misma aprehensión que debí haber esgrimido yo. Escrutó la primera página y apartó la mirada, perdiéndola en las cabezas de los demás comensales, parpadeando repetidamente.

—¿Cómo lo has conseguido? —preguntó al rato.

Se lo conté, y rio ahogadamente cuando le mencioné mi interpretación de una dedicada feligresa; pero siguió rehuyéndome con la mirada, y supe que lo hacía porque temía echarse a llorar.

—Vámonos —dijo de repente, sacando la cartera y dejando unos billetes sobre la mesa.

Salimos por la puerta, esquivando hábilmente a la señora que gestionaba el libro de reservas, que, a todas luces, deseaba preguntarnos qué iba mal. Rodeé la cintura de Martin con el brazo y él hizo lo propio. Juntos atravesamos el aparcamiento de gravilla, a buen paso para una mujer de piernas cortas y tacones. Por supuesto, a Martin no se le pasó abrirme la puerta del coche, por más que a menudo le hubiese recordado que yo ya tenía un par de brazos perfectamente útiles. Cuando entró en el vehículo, ya estaba sin aliento por el esfuerzo de contener las emociones en el restaurante. Me volví sobre el asiento para mirarlo y lo rodeé con los brazos. En ocasiones me alegro de ser tan bajita. Él me abrazó con fervor. Estaba llorando.

Mi futuro marido me entregó las llaves de nuestra casa a la mañana siguiente.

—Ve a verla. Haz planes —me dijo, a sabiendas de que eso era exactamente lo que me apetecía hacer. Me gustaba la idea de ir sola y eso también lo sabía.

Me duché y me puse unos vaqueros azules y una camiseta de manga corta, algo de maquillaje, unos pendientes y zapatillas deportivas y conduje hacia el norte de la ciudad.

La casa de los Julius estaba situada a las afueras de Lawrenceton, en medio de una abierta extensión de campos, generalmente plantaciones de algodón. Como ya le había señalado a Martin, desde la casa se veía la parcela de mi madre; claro que para eso había que irse al extremo trasero del jardín, atravesando la barrera de árboles que el propietario original había plantado alrededor de toda la propiedad, que contaba aproximadamente con un acre.

Una familia llamada Zinsner construyó la casa en origen, cerca de sesenta años atrás. Cuando la segunda señora Zinsner enviudó, malvendió la casa a la familia Julius, que había vivido allí durante algunos meses hacía seis años. La habían reformado y añadido un apartamento sobre el garaje para la madre de la señora Julius, además de matricular a su hija en el instituto local.

Y luego desaparecieron.

Nadie volvió a ver a los Julius desde el ventoso día de otoño en que la madre de la señora Julius volvió a la casa para hacer el desayuno al resto de la familia y descubrió que todos habían desaparecido.

Hoy el viento también soplaba con fuerza, meciendo en silencio los campos recién sembrados; un viento de primavera con retazos helados. La albacea de la propiedad, la señora Totino, según me dijo Martin, mandaba segar el jardín de vez en cuando y mantenía la casa en orden para alejar a los vándalos y los cotilleos. También la había alquilado ocasionalmente.

Hoy el jardín estaba lleno de hierbajos altos, aunque a esas tempranas alturas de la primavera eran tolerables, como los tréboles, que florecían, metros y metros repletos de ellos, de un intenso verde, con brotes de flores blancas. Parecía frío y acogedor a un tiempo, como si tumbarse en ellos fuese como hacerlo en una cama fragante, aunque gélida.

El largo camino privado estaba en un estado lamentable, lleno de surcos, sin apenas grava, aunque Martin ya se había encargado de que trajesen más.

El amplio jardín estaba lleno de árboles y arbustos, todos altos y frondosos. Una gran aglomeración de *forsythias* florecía junto a la carretera en un estallido amarillo. La casa era de ladrillo y estaba pintada de blanco. La puerta delantera y la del porche enmallado eran verdes, a juego con las contraventanas del piso inferior y la marquesina que cubría la triple ventana de la planta superior, que dominaba el jardín trasero.

Ascendí los peldaños de cemento hasta la puerta enmallada que daba acceso al porche delantero, que a su vez ampliaba la anchura de la casa. Las barandillas, de hierro forjado, necesitaban una mano de pintura, cosa que anoté en un pequeño bloc. Atravesé el porche y giré la llave en la cerradura de la puerta delantera por primera vez.

Deposité mi bolso en la maloliente moqueta y vagué felizmente por toda la casa, bloc y lápiz en mano. Y encontré muchas cosas que anotar.

Había que cambiar la moqueta y las paredes pedían a gritos que las pintasen. Martin me dijo que escogiera los colores que me viniesen en gana, salvo el verde aguacate, el dorado y el rosa frambuesa. Tendría que instalar estanterías a los lados de la chimenea del dormitorio principal, decidí en mi ensueño. El comedor, situado entre el dormitorio principal y la cocina, contaba con una cristalera empotrada para guardar la cubertería, los salvamanteles y los manteles, regalos que ya empezaban a acumularse en el salón y el comedor del adosado.

Había un montón de armarios pequeños en la cocina y el patrón crema y naranja dorado me pareció correcto. Tendría que enderezar algunas estanterías: otra nota en el bloc. Los Julius habían emprendido la reforma del baño de abajo, pero no me gustaba el papel de la pared y hacía falta cambiar la bañera. Anotado. ¿Querríamos usar el baño de abajo o convertirlo en una sala de estar más pequeña y menos formal? Puede que un despachito… ¿Solía Martin llevarse trabajo a casa?

Subí las escaleras para ver las dimensiones de los dormitorios superiores. El más grande daba a la parte delantera de la casa; era la estancia de la ventana triple con una terracita cubierta para pasar fuera las tardes, al sol. Enseguida me sentí atraída por las ventanas. Miré al exterior, por encima del borde del techo del porche, que estaba separado. El porche debió de ser un añadido posterior a la construcción de la casa. La vista del jardín frontal daba la impresión de estar ante un amplio trozo de papel adhesivo doblado a lo largo (el techo de la casa), imitado en su disposición por un tramo más pequeño de papel doblado del mismo modo, más abajo (el techo del porche). Aun así, este tejado no obstruía las vistas, que se extendían por los campos hasta una extensión de lejanas colinas. No se veían otras casas. También había una chimenea dispuesta en conjunción con la de abajo.

Me encantaba.

Esta sería nuestra habitación.

El espacio del armario sería un problema: el armario doble era del todo inadecuado. Atravesé el descansillo hacia la pequeña habitación sin uso aparente. ¿Habría sido anteriormente un cuarto de costura? ¿Y si instalábamos un armario extra ahí mismo? Sí, era posible. Había una pared desnuda que acogería un armario más grande del que teníamos en el dormitorio. Y, además, había espacio suficiente para las máquinas de ejercicio de Martin. El otro dormitorio de arriba podría servir como cuarto de invitados.

Los libros, ¿dónde iba a poner mis libros? Tenía muchos, y más ahora que había combinado mi colección con la de Jane. Me tomé un momento para recordar con afecto a Jane, con su moño plateado y su casita, sus vestidos de Sears y su carácter modesto; una anciana rica que me había dejado todo su dinero. Proyecté mi afecto y gratitud hacia ella, dondequiera que se encontrase, anhelando que estuviese en el paraíso en el que yo creía.

Descendí lentamente las escaleras, mirando hacia abajo a medida que avanzaba. La escalinata terminaba a un par de metros de la puerta delantera y separaba el amplio cuarto de abajo del ancho recibidor que daba acceso al cuarto de baño y el dormitorio del piso inferior, otra forma de acceder a la cocina, en vez de tener que atravesar el comedor.

Qué recibidor más bonito y espacioso. ¿No luciría maravilloso con un nuevo papel de pared y recubierto de librerías?

Reí en voz alta. Al parecer no había nada más entretenido que restaurar una casa y tener el dinero suficiente para ello.

Era la mañana más feliz de mi vida, a solas, en la casa de los Julius.

CAPÍTULO 3

Recogí a Madeleine del veterinario, donde la había dejado mientras estuve fuera. Todo el personal estaba deseando verla marchar; Madeleine odiaba a todos los que trabajaban allí y no dudaba en mostrárselo. No paró de emitir gruñidos desde su transportín durante todo el trayecto hasta el adosado, pero yo la ignoré. Me encontraba en la cresta de una ola de felicidad y ninguna gata gorda y naranja iba a bajarme de ella.

Me reuní con Martin en el Beef 'N More para almorzar. Tras saludar a media docena de personas, por fin pudimos empezar a hablar de la casa. Martin me escuchaba atentamente mientras hablaba. Coloqué mi bloc junto al plato y no paré de colocarme las gafas en la nariz mientras hacía referencias a las notas.

—Estás contenta —dijo, limpiándose la boca con la servilleta.

—Más que nunca.

—He acertado con el regalo.

—Absolutamente.

—¿Te importaría que te dejase con toda la responsabilidad de decidir los cambios en la casa?

—¿Es una forma amable de decirme: «ya que no estás trabajando, podrías encargarte de este trabajo»?

Martin pareció desconcertado durante un instante.

—Supongo que sí —admitió—. Quiero que la casa quede bonita, por supuesto, y cómoda para los dos… ¡Quiero decir, que me importa cómo quede! Pero pronto tendré que hacer algunos viajes de trabajo.

Emití un leve sonido de abatimiento.

—¿Viajes?

—Lo siento, cariño. No estaba previsto. Te prometo que, pasadas tres semanas, no me moveré. —Tres semanas eran las que faltaban para la boda—. Pero hay un montón de asuntos que tengo que zanjar antes de la boda y la luna de miel.

A decir verdad, la perspectiva de gozar de absoluta libertad sobre la restauración de la casa resultaba de lo más atractiva. Me daba la sensación de que me lo proponía como recompensa por sus viajes de negocios, pero qué importaba. Mordí el anzuelo.

—¿Para qué asuntos pendientes en las próximas tres semanas debería estar disponible? —dijo, sacando un calendario del bolsillo.

Yo hice lo propio y repasé mi agenda: fiesta y despedida de soltera.

—Y luego —proseguí— tenemos una barbacoa en nuestro honor en la casa del lago de los padres de Amina, el sábado que viene. Es informal. Amina y su marido viajarán desde Houston para asistir.

Amina sería mi única dama de honor. La posibilidad de que no le valiese el vestido y de que pudiese sentir náuseas durante la ceremonia añadían un toque de suspense a un rito ya de por sí exasperante.

—Las bodas sureñas —dijo mi amado en tono misterioso.

—Sería mucho peor si no tuviésemos ya una edad y no estuviéramos establecidos —le dije—. Si hubiese tenido veintidós años en vez de treinta y uno, y tú veinticuatro en lugar de cuarenta y cinco, nuestra agenda ocuparía el doble, como poco.

Martin estaba consternado.

—No bromeo —le aseguré.

—Para que luego, en la recepción, solo haya tarta y ponche —dijo, sacudiendo la cabeza.

—Sé que es difícil de comprender, pero así es como hacemos las cosas en Lawrenceton —atajé con firmeza—. Sé que cuando Barby se casó hubo banquete y banda musical, pero créeme, ya lo estamos estirando incluyendo el champán.

Me tomó de la mano y, una vez más, tuve esa sensación pegajosa y derretida que era asquerosamente parecida a una canción de los años cuarenta.

—Ya me lo ha contado Barby —dijo mientras yo mantenía mi feliz sonrisa con cierto esfuerzo.

Mi futura cuñada no era mi parte favorita del paquete nupcial—. Cogerá un avión dos días antes de la boda y ha aceptado la oferta de tu madre para ocupar su habitación de invitados. La llamaré para agradecérselo —añadió Martin, anotándolo—. Y ha llamado Barrett.

Su hijo le había llamado cerca de un mes atrás para hablarle de sus avatares en la búsqueda de una carrera interpretativa en California.

—¿Sigues con la idea de que sea tu padrino?

—No va a poder.

Puse la espalda tiesa, dejando caer mi máscara sonriente.

—Tiene que rodar un papel en una película ese día —explicó Martin inexpresivamente—. Ha esperado mucho tiempo para conseguirlo; tiene varias líneas de diálogo y aparecerá en varias escenas. Es el mejor amigo del protagonista.

Nos quedamos mirándonos.

—Lo siento —dije finalmente.

Martin paseó la mirada por las cabezas de los demás comensales. Menos mal que estábamos en uno de los pequeños reservados que hacen del Beef 'N More, al menos un sitio tolerable donde comer.

—Quiero hablarte de una cosa —dijo al cabo de un momento. El tema de Barrett parecía definitivamente cerrado.

Mi expresión cambió a modo expectante.

—El apartamento del garaje —dijo.

Arqueé las cejas más si cabe.

Tengo un amigo que acaba de llegar desde Florida. Ha perdido el trabajo. Él y su mujer son personas muy capaces. Me preguntaba si no te importa si podrían quedarse en el apartamento de la cochera.

—Por supuesto —accedí. Aún no había conocido a ningún amigo de Martin, y menos a un viejo amigo. Había entablado algunas relaciones sociales en la ciudad, casi todas en el Athletic Club, ejecutivos como él—. ¿De qué os conocéis?

—De Vietnam —respondió.

—¿Y cómo se llama?

—Shelby. Shelby Younghood. Pensé que con todas las reformas sería agradable tener a alguien más en casa. Es probable que Shelby entre en Pan-Am Agra en el Departamento de Envíos y Recepción, pero Angel, su mujer, estaría allí cuando él estuviese fuera.

—De acuerdo —dije con la sensación de haberme perdido algo importante.

—Cuando supe que Barrett no podría venir —dijo Martin, como si la idea se le hubiese ocurrido sobre la marcha—, llamé a tu padrastro y ha accedido a ser mi padrino.

Sonreí con genuino placer. En cierto modo, era mucho más fácil casarse con un hombre maduro que ya sabía cómo defenderse.

—Qué buena idea. —Me congratulé, a sabiendas de que a John debió de agradarle mucho la petición.

Nos separamos en el aparcamiento. Él volvió al trabajo y yo me fui a mi tienda de decoración favorita, Total House, para que la casa de los Julius empezase a parecerse a una casa de verdad: la nuestra; pero, a medio camino, me detuve en el arcén y me quedé en silencio, mirando al frente, la ventanilla bajada para dejar que entrase el aire fresco.

Martin y su modo misterioso me habían afectado.

¿Quién demonios era ese Shelby Younghood? ¿Qué clase de mujer era su esposa? ¿Qué tipo de trabajo había perdido en Florida y cómo supo dónde encontrar a Martin? Mis dedos tamborilearon sobre el volante mientras me sumía en tales preguntas.

Probablemente él encarnara lo «malo» de casarse con un hombre maduro que estaba acostumbrado a defenderse. También estaba el hecho de que no tenía por costumbre la necesidad de explicarse. Y, con todo, Martin también parecía necesitar mantener en secreto su vida pasada, pensé confundida. Yo casi se lo había contado todo. ¡No! Más bien le había contado todo lo que podría influir en nuestra vida como pareja. Tampoco quería saber el nombre de sus antiguas amantes, detalle que mejor se quedaba para él solo; pero tenía derecho, ¿no?, derecho a saber... ¿a saber qué? ¿Qué era lo que me ponía los pelos tan de punta?

Tampoco nos conocíamos desde hacía tanto, me dije. Teníamos por delante todo el tiempo del mundo para que Martin compartiese conmigo cualesquiera que fuesen los oscuros pasajes de su historia que considerase oportunos.

Iba a casarme con él. Arranqué el coche de nuevo y me uní al escaso tráfico que componía la hora punta del almuerzo en Lawrenceton.

La perspectiva de estar sin él se me hacía tan terriblemente abrumadora que no deseaba arriesgarme siquiera a perderlo.

En el segundo semáforo, metí todas esas tribulaciones bajo mi alfombra mental, catalogándolas como miedos prenupciales, y giré a la derecha hacia Total House.

Allí hice muy muy felices a algunos vendedores.

Esa noche me reuní con Martin en la iglesia episcopaliana de St. James para nuestra cuarta sesión prematrimonial con el padre Aubrey Scott. Los dos hombres charlaban en el jardín de la iglesia cuando llegué. Martin era más bajo y musculoso que Aubrey, más fuerte. Me sentí rara avanzando hacia ellos, bajo su escrutinio. Había salido con Aubrey durante varios meses y siempre nos habíamos llevado muy bien, si bien el asunto nunca pasó de ahí. Si alguien les pidiera que me describieran, pensé de repente, definirían a una persona completamente distinta. Aparté ese pensamiento para rumiarlo más adelante.

Conocí a Martin cuando aún salía con Aubrey y había observado que, por consiguiente, se sentía doblemente posesivo siempre que el pastor se encontraba delante. Me rodeó la cintura con el brazo cuando llegué a su altura, sin interrumpir su banal conversación.

—¿La casa de los Julius? —le estaba diciendo Aubrey, para sorpresa mía.

Alcé bien la mirada hacia su rostro moderadamente atractivo y su bigote negro, que llevaba acicalado con cuidado.

—Es su regalo de boda —dijo Martin, sin darle mucha importancia.

—Todo un regalo —admiró Aubrey—. Pero ¿no te molesta?

—¿El qué? —pregunté, haciéndome la tonta deliberadamente.

—Lo de la familia desaparecida. Llevo en Lawrenceton el tiempo suficiente como para haber escuchado la historia innumerables veces; aunque estoy seguro de que se ha exagerado con el paso de los años. ¿Es verdad que la comida aún estaba caliente sobre la mesa cuando la madre volvió del apartamento del garaje?

—No lo sé, no conocía ese detalle —admití.

—¿Y no te pone nerviosa? —insistió Aubrey.

—Es una casa maravillosa —dije—. Me pongo contenta solo de entrar por la puerta.

—Emily no aguantaría ni una hora.

Aubrey siempre tenía que meter a Emily Kaye en las conversaciones. Imagino que nuestra dinámica sexual había ido del siguiente modo: Aubrey y yo nos separamos cuando Martin y Emily aparecieron en nuestros respectivos horizontes. Emily tenía la hija que Aubrey siempre quiso y nunca pudo tener (era estéril) y Martin sentía tanta atracción por mí que sentía crepitar el aire cuando estábamos juntos. Pero Aubrey había salido conmigo primero, y puede que aún estuviese un poco resentido por mi rápida y definitiva recuperación tras su amable discurso de despedida. Así que Emily Kaye, su novia de facto, tenía que salir en la conversación cada vez que nos veíamos.

Eran detalles como ese los que me alegraban tanto por encontrarme casi casada. Tras tantos años de novios intermitentes, ya me había cansado de tantas indirectas y segundas intenciones. El cuerpo me pedía ser directa como pocas veces lo había sido. A saber dónde habría acabado mi reputación de excéntrica si Martin no se hubiera aventurado a visitar una casa que mi madre, la reina inmobiliaria de Lawrenceton, no tenía tiempo de enseñarle. Me mandó a mí para sustituirla y nos conocimos en la entrada de la casa.

Sonó el teléfono en el despacho de Aubrey y se excusó para ir a responder. Aproveché la oportunidad para encarar a Martin y plantarle un profundo beso. Esa era una de las principales diferencias de mi relación con Martin: el sexo era frecuente, desinhibido y absolutamente maravilloso. Mi experiencia sexual tampoco era muy dilatada y, aunque anteriormente había disfrutado de lo que consideraba buen sexo, descubrí toda una nueva dimensión con Martin Bartell.

—Si es por el traje, me lo pondré todos los días —me dijo.

—Estaba pensando en la primera vez que nos vimos.

—¿Qué te parece si volvemos a las escaleras de entrada de esa casa?

—No. Madre la vendió la semana pasada.

—Bueno… —Martin se inclinó para retomarlo donde lo había dejado, pero en ese momento Aubrey regresó de su despacho. Empezaba a oscurecer en el jardín de la iglesia y nos invitó a pasar al interior. Entramos cogidos de la mano. Mientras proseguíamos la conversación en su despacho, el velo de la noche acabó de caer sobre la calle.

—Esta noche he cenado con Shelby Younghood —dijo Martin. Estaba apoyado en su coche y yo en el mío, que estaban estacionados uno al lado del otro en el aparcamiento de la iglesia. Las luces de seguridad proyectaban un velo incoloro en su rostro y hondas sombras bajo sus ojos.

Martin se disponía a pasar la noche en su apartamento, ya que tenía que madrugar para coger un avión hacia Arkansas al día siguiente.

—Debería conocerlo —murmuré.

—Eso quería comentarte. ¿Podría ir a la casa nueva mañana por la noche? Estarás allí, ¿no?

Asentí.

—¿Cómo es, Martin?

—¿Shelby? Es de confianza.

Eso no era exactamente lo que esperaba oír. Era un extraño resumen biográfico.

—Creo que quería saber algo más que eso —dije—. ¿Bebe, fuma, le gusta el juego? ¿De dónde es? ¿A qué se dedicaba antes de venir aquí?

—No es de los que hablan mucho de sí mismos —indicó Martin tras una pausa—. Supongo que tendrás que averiguar cómo es a través de sus acciones.

Había enfadado a Martin. Quizá sentía que cuestionaba su buen juicio.

—¿Sabes cómo llamo al aspecto que tienes ahora mismo? —le pregunté.

Martin arqueó las cejas en un educado escrutinio. Sin duda estaba enfadado.

—Tu cara de «alerta intruso».

Parecía sorprendido, luego irritado y, finalmente, se echó a reír.

—¿Tanto se me nota? —preguntó—. Sé que me cuesta hablar de algunas cosas; pero nadie me había llamado así antes.

Aguardé un momento.

—Me cuesta hablar de Vietnam porque fue una de mis etapas más sucias y aterradoras —admitió finalmente—. No hablo de algunas personas porque me recuerdan a esos tiempos y supongo que Shelby es una de ellas. Es de Tennessee, de Memphis. Estábamos en el mismo pelotón. Éramos buenos amigos. Tras la guerra, nos vimos durante un tiempo. Estábamos en contacto. Una vez al trimestre, más o menos, recibía una llamada o una carta suya, durante al menos cuatro años o así. Y entonces dejé de saber de él durante mucho mucho tiempo. Creía que le había pasado algo.

Martin desvió la mirada hacia el iluminado edificio de la iglesia. El resplandor de las luces le hizo parecer más mayor.

—Recibí una carta suya hará un año y recuperamos el contacto. Se había casado con Angel.

Martin se calló de repente, como si se hubiese dado cuenta de que ya me había contado todo lo que debía saber.

Por algo se empieza.

Llegué a la casa de los Julius a las siete de la mañana siguiente. Revisé cada habitación, despacio y con cuidado, repasando la lista de cambios de cada estancia. A las ocho y cuarto llegaron los carpinteros, me siguieron por la casa, tomaron nota de todo y se marcharon. A las nueve vinieron los pintores, los del empapelado y los de las alfombras, tomaron medidas y se marcharon. A las diez menos cuarto se presentó el fontanero con un ayudante de aspecto lamentable que parecía tener el cigarrillo pegado a la boca.

—Por favor, no fume en la casa —le indiqué con la máxima cordialidad posible.

El larguirucho pelirrojo, que no debía de tener más de dieciocho años, me lanzó una mirada hosca y se retiró al jardín delantero, donde estaba dispuesta a apostar a que se fumaría el cigarrillo con el trasero plantado en la hierba. Tras pasar tantos años en la biblioteca, era capaz de predecir con razonable precisión qué adolescentes eran propensos a portarse bien y cuáles llevaban la palabra «problema» escrita en el ADN. Este era uno de los últimos. Miré a mi fontanero.

—Lo sé, lo sé —dijo John Henry—. No creo que dure mucho. Ir en la furgoneta con él es insufrible; pero su madre es la mejor amiga de mi mujer.

Suspiramos al unísono.

John Henry y yo hablamos acerca de los cuartos de baño, acordamos unos plazos (para lo antes posible) y nos colamos bajo la casa para revisar las tuberías.

—La verdad es que me asusta un poco explorar demasiado por aquí abajo —confesó con una amplia sonrisa—. ¿Te imaginas que están todos debajo de la casa?

—Oh, los Julius —caí, devolviéndole la sonrisa—. Bueno, apuesto a que, en su día, la policía registró en profundidad esta parte de la casa.

—No lo dudo, pero aun así seguro que te has preguntado si te los encontrarás por alguna parte. Me pone los pelos de punta, Roe.

—A mí no me molesta —dije, desdeñosa, y al girar hacia la puerta principal descubrí a un desconocido allí plantado. Estaba mirando por encima del hombro hacia el muchacho pelirrojo que fumaba en el jardín. Al volverse hacia mí, reconocí al hombre moreno con el que me crucé al salir del despacho de Martin el día que volví de Ohio.

Era Shelby Younghood. En ese momento me miró, y ambos quedamos sumidos en un embarazoso silencio.

Medía casi uno ochenta, era de piel morena y sus músculos me parecieron impresionantes, incluso acostumbrada como estaba a la formidable constitución de Martin. Su pelo era de un tono negro polvoriento, hirsuto, salpicado si acaso de algunas vetas grises, y el bigote le enmarcaba la boca. Tenía los ojos azules y vestía unos viejos vaqueros y una camiseta desgastada. Sus manos eran anchas y parecían duras.

—¿Señorita Teagarden? —preguntó con voz agradable—. Me llamo Shelby Younghood. —Había esperado que me hablase con gruñidos.

—Es un placer conocer a un amigo de Martin —dije con franqueza—. Llámame Roe, por favor.

Nos estrechamos la mano. La suya era muy dura, rugosa y llena de cicatrices.

—Ven, iremos al apartamento del garaje —sugerí.

Cogí las llaves y fui por delante, atravesando la cocina. Recorrimos el pasillo techado hasta el garaje, con las escaleras cubiertas ascendiendo por el costado más cercano a la casa. Ascendimos, abrí la puerta y pasamos al interior. Dado que el garaje tenía capacidad para dos coches y contaba con un amplio espacio de almacenamiento que discurría por toda la anchura del fondo, el apartamento resultaba más amplio de lo que cabía esperar visto desde fuera. Era más que adecuado para una persona: básicamente, una amplia estancia abierta. Ojalá hubiera sido igual de adecuado para dos. El cuarto de baño era pequeño, pero apañado, y más moderno que los de la casa principal, ya que los propios Julius fueron quienes reformaron un viejo pajar para convertirlo en apartamento para la madre de la señora Julius. La diminuta cocina no era la mejor para cocinar un menú completo de Acción de Gracias, pero sí más que suficiente para alguien con el justo entusiasmo por el arte culinario.

Miré a Shelby Younghood inquisitivamente.

—¿Te parece bien? —le pregunté, viendo que él no decía nada.

—Sí, bien —respondió con cierta sorpresa, como si no se hubiese dado cuenta de que estaba esperando su veredicto.

—La alfombra está enmohecida y supongo que el relleno también —dije, arrugando la nariz. No me había dado cuenta de ello la otra vez que eché un vistazo al apartamento—. La cambiaré. ¿Te gusta algún color en especial? ¿Algo que vaya a juego con los muebles?

—En este momento no tengo muebles —admitió con calma.

Parecía divertido.

¡Vale! ¡Qué demonios había de gracioso en no tener muebles, y en tener en cuenta su color a la hora de encargar la alfombra! Yo creía que la mayoría de los cuarentones tenían sus propios muebles. Tampoco le había preguntado por sus orígenes raciales, ni que me describiese un tenedor de marisco. Noté que empezaba a ponerme roja.

—Angel y yo no hemos pasado nunca tanto tiempo en un mismo sitio como para acumular demasiado —me explicó, a lo que asentí con cortesía.

—En ese caso, te lo alquilaré amueblado —dije antes de girarme para salir.

Descendí las escaleras resoplando.

Observé que el hijo de la mejor amiga de la esposa de John Henry entraba en mi casa con el cigarrillo en la boca.

—¡Perdona! —grité.

Se detuvo y se volvió.

El crío era insistente, de eso no me cabía duda. Me miró como si hubiese salido de debajo de una piedra para cuestionar el derecho que Dios le había dado para fumar en mi casa.

—Te ruego que apagues el cigarrillo antes de entrar —le pedí con la mayor tranquilidad posible, deteniéndome en el jardín, a pocos metros del muchacho, que ya había empezado a subir la escalera.

Puso los ojos en blanco, riendo burlonamente. Era una de esas muecas adolescentes que hacen que te sorprendas de que tantos como él sobrevivan hasta la edad adulta. No era la primera vez que me enfrentaba a actitudes similares en la biblioteca y había lidiado con ellas, pero hacía ya varios meses que había perdido la maña.

Si ya estaba enfadada, ahora estaba a punto de entrar en frenesí. La única muestra externa de mi estado de ánimo eran mis puños apretados a ambos lados del cuerpo. Solo me faltaba sacar un poco el labio para completar mi imitación de Shirley Temple.

El chico arrojó el cigarrillo a mi porche de madera y lo pisó. Dio otro paso hacia el interior.

—Recógelo —le sugirió una tranquila voz a mi espalda.

—¿Eh? —La boca del chico estaba abierta de asombro ante semejante sugerencia.

—Recógelo y guárdatelo en el bolsillo —dijo la voz tranquila, como si estuviese implantándole una sugestión posthipnótica.

Con una mirada de temor sobre mi hombro, el muchacho se agachó, recogió lo que quedaba del cigarrillo, se lo metió en el bolsillo y entró corriendo en la casa.

—Bueno —dije, girando sobre mí misma—, creo que podría habérmelas arreglado sola.

—Entiendo que no fui de lo más cortés contigo desde el principio —dijo Shelby.

Intenté meditar esa frase, pero no pude con él enfrente, mirándome.

—Deberíamos empezar de nuevo —agregó.

—Sí.

—Hola, soy Shelby Younghood, un amigo de Martin.

—Hola, soy Roe Teagarden, la novia de Martin.

No volvimos a estrecharnos las manos, sino que permanecimos mirándonos con cautela.

—Espero que no te haya molestado que Martin sugiriese que viniera a vivir aquí —comentó Shelby.

No debió de ser fácil para él. No debía de estar acostumbrado a sentir gratitud hacia nadie.

Inspiré y solté el aire muy lentamente, calmándome a medida que lo hacía. Opté por usar frases sencillas y positivas.

—Me alegra mucho que estéis en nuestro apartamento. Sé que puedes echar una mano durante la reforma, que tengo ganas de terminar lo antes posible. Nos casaremos dentro de tres semanas y estaremos de vuelta de nuestra luna de miel dos semanas después, así que espero que esté todo casi acabado para entonces.

—Si empiezo a trabajar en Pan-Am Agra antes, Angel será más que capaz de supervisar cualquier tarea que quede por hacer —ofreció Shelby—. Y, por cierto, a ella le gusta el naranja claro Creo que se llama melocotón. Y el verde.

Noté que la tensión se relajaba en mi rostro.

—¿Volverás a…? Era Florida, ¿no? ¿Irás a recogerla o…?

—Sí. Volaré mañana. Haremos las maletas y viajaremos de vuelta en coche tres o cuatro días después.

—Bien. Un buen plan. —Para cuando volviesen, mis planes de boda deberían estar más avanzados y la verdad es que sería de gran ayuda tenerlos por allí.

En ese momento me di cuenta de cómo había llegado Shelby Younghood a la casa: conducía el coche de Martin.

—Confía mucho en ti —le dije.

—Sí.

Nos dedicamos una prolongada mirada.

—Nos vemos luego —dijo Shelby con naturalidad. Se alejó, arrancó el coche de Martin y desapareció.

Resultaba muy extraño ver a otra persona conduciendo el coche de Martin.

Volví a la ciudad para decir a los de las alfombras y a los pintores que tenían más trabajo, prioritario además. Menos mal que tenían una alfombra color melocotón en el almacén. Dado que las paredes blancas del apartamento aún se encontraban en muy buen estado, pedí al pintor que pintase los zócalos y los marcos de puertas y ventanas de verde. Tuve la suerte de encontrar unas cortinas blancas con motivos melocotón en el WalMart (tenía demasiada prisa para encargarlas); y, en cuanto al mobiliario… vaya, el asunto empezaba a subir de precio. Repasé los anuncios de venta del *Lawrenceton Sentinel* y llamé a algunos de los números. A última hora de la tarde encontré un conjunto de dormitorio de segunda mano muy agradable, un sofá y dos sillones, todo de un beis neutro. Regresé al WalMart y compré dos juegos de sábanas y mantas verdes de matrimonio. El salón, en conjunto, estaba en buen estado, pero necesitaba una mano de limpieza. Anoté que debía comprar limpiador en espray y luego volví a toda prisa a mi adosado para prepararme para la despedida de soltera.

Nada más zambullirme en el agua caliente de la bañera, me di cuenta de que no había almorzado y no tendría tiempo para cenar. Estaba atónita: no solía saltarme las comidas sin darme cuenta. Bueno, al menos no echaba de menos las calorías, pero no sería capaz de mantener ese ritmo a menos que empezase a cuidar mejor de mí misma. Me relajé, siendo consciente de los dedos de los pies a la cabeza, con respiraciones cortas y regulares. Estaba dispuesta a disfrutar de la noche. Había esperado muchos años una despedida de soltera en mi honor; por Dios, esa iba a ser mi noche.

Menos mal que había decidido qué ponerme con antelación. Saqué el vestido púrpura con estampado de lunares blancos del armario, me puse los pendientes de amatista que Martin me había regalado y enfundé los pies en uno de los pocos pares de zapatos de tacón que tengo. Tras evaluar mi reflejo en el espejo, añadí una pequeña pulsera de oro al conjunto. Me cepillé el pelo con cuidado y me puse una diadema entrelazada para contener la mata de pelo fuera de mi cara (y la bebida y la comida, llegado el caso).

Comida. Ojalá Eileen y Sally tuviesen una mesa llena. ¿Esas albóndigas de salchicha y galleta, quizá?

Se me hacía la boca agua mientras cambiaba de bolso, y cuando mi madre llamó al timbre, ya estaba famélica.

Mi madre, Aida Brittle Teagarden Queensland, se veía tan distinguida, delgada y elegante como siempre en su impresionante vestido azul. Es una mujer extremadamente difícil de criticar: su indumentaria y comportamiento son siempre los adecuados para la ocasión, siempre piensa antes de hablar, su vasto y rentable negocio siempre está dentro de los parámetros de la ética y sus empleados cuentan con un excelente seguro y un programa de reparto de los beneficios.

Pero no es de esas personas a las que se puede abrazar sin previo aviso y una buena razón para ello.

Tampoco es sentimental, y nunca olvida a nadie que no actúe justamente con ella.

Madre me dio un cuidadoso y alegre beso en la mejilla. Por fin me casaba con alguien y podía disfrutar de toda la parafernalia madre-novia que hasta el momento se le había negado. Y sabía que yo era feliz. Martin contaba con su aprobación, si bien yo sentía que tenía sus reservas. Mi futuro marido estaba más cerca de ella en edad que de mí, y eso la preocupaba un poco (había llegado a preguntarme si había visto la póliza de seguro de su empresa, por ejemplo). Además, como empresaria dedicada que era, quería saber cuánto dinero tenía Martin en el banco, cuánto ganaba, cuánto de eso ahorraba y qué programa de pensiones tenía. Y como no podía formularle esas preguntas a bocajarro, siempre me había resultado divertido verla yéndose por las ramas para tantear en busca de respuestas para sus preguntas.

—Estoy por darle mi declaración de la renta impresa —me había dicho Martin después de cenar con madre y John una noche.

—Eso sería demasiado directo —le había respondido—. Pero tampoco entiendo por qué se agobia tanto. —Aunque lo cierto era que resultaba muy difícil de imaginar a mi madre agobiada—. Tengo mucho dinero propio bien invertido y a buen recaudo.

—Solo vela por ti —había admitido Martin.

Se me pasaron por la mente oscuros pensamientos acerca de por qué todo el mundo parecía necesitar «velar por mí», pero lo dejé estar al sentir que si alguien tenía derecho a hacerlo, esa era mi madre.

Ahora que ella me invitaba a entrar en su coche de gama superior (vino a recogerme porque consideraba mi viejo Chevette demasiado plebeyo para una novia), me miró de arriba abajo como si fuese a mi primera cita, sacudió la cabeza en un breve asentimiento de aprobación y me preguntó si últimamente tenía noticias de mi padre.

—No desde que me llamó tras hablar con Betty Jo de venir —respondí. Betty Jo era la segunda esposa de mi padre, tan normal, llana y hogareña como podía ser. Estaba claro que, tras huir de mi madre, mi padre había optado por una dirección absolutamente contraria. Los dos vivían ahora en California, con su hijo, mi hermanastro Phillip, de nueve años. No había visto a ninguno en casi tres años.

—¿Dijo que vendrían?

—Si podía juntar días de vacaciones. Iba a consultarlo.

—Y no has vuelto a saber nada —murmuró mi madre, más para sí que otra cosa.

Yo no dije nada.

—Lo llamaré mañana —concluyó decididamente—. Nos tiene que avisar.

—Me gustaría que Phillip llevara las alianzas, si vienen —dije de repente.

Menos mal que estábamos en el espacioso Lincoln de mi madre, porque enseguida se llenó de palabras no dichas. Phillip había pasado por una experiencia traumática la última vez que vino a pasar el fin de semana conmigo. Se mudaron a California en un intento (en mi opinión erróneo) de que se recuperase, y lo habían mandado al psicólogo durante el año siguiente. Según las esporádicas cartas de mi padre, Phillip ya se había recuperado.

Más tarde, mientras aparcábamos en casa de Eileen, atisbé por la ventana una mesa cubierta con un mantel blanco y campanas de boda blancas y plateadas colgadas de la lámpara de techo. Eileen transportaba una gran bandeja con algo seguramente comestible. Sally Allison, la coanfitriona, estaba removiendo un enorme cuenco de ponche. En una mesa cercana había un montón de regalos envueltos con papeles blancos y plateados y pasteles. Eileen y Sally estaban vestidas de punta en blanco.

Solo al salir del coche una certeza explotó en mi mente como un bofetón.

Todo aquello era para mí.

Me iba a casar.

Saqué una mano para agarrarme al techo del coche y me llevé la otra al pecho, como si hiciera un juramento.

Sentí un momento de deleite, seguido por una oleada de pánico.

—Te acabas de dar cuenta, ¿eh? —constató mi madre.

Asentí, incapaz de pronunciar una sola palabra.

Permanecimos de pie en la oscuridad, mirando a través de la ventana durante un par de minutos. Se produjo una extraña sensación de camaradería entre las dos.

—¿Vamos? —preguntó mi madre finalmente.

Era la primera vez que se dirigía a mí como a una adulta.

—Entremos —decidí, echando a andar por el camino que conducía a la puerta delantera.

CAPÍTULO 4

Madre y yo aguardamos impacientes en el recibidor a la espera de saludar a las primeras en llegar, antes de que nos indicasen dónde íbamos a sentarnos para la apertura de los regalos. Si bien madre estaba nerviosa, parecía tan compuesta y tranquila como siempre, como si careciese de glándulas sudoríparas. Pero un párpado le temblaba de vez en cuando.

Una de sus amigas se adelantó en primer lugar, seguida de la madre de Amina, la señora Joe Nell, una de las personas que mejor me caen. Luego la sucesión de invitadas fue demasiado rápida para intercambiar muchas palabras; era como una fiesta cuyo tema principal fuese mi vida. La pila de regalos se hacía cada vez más alta y la habitación estaba cada vez más llena, con mujeres de cierta edad, amigas de mi madre, junto con otras de mi edad que conocía de toda la vida: Susu Hunter, Lizanne Buckley Sewell, Linda Erhardt y muchas otras. También había otras a las que había que preguntar para saber qué relación tenían conmigo, como Patty Cloud, la gerente de la oficina de mi madre, o Melinda, esposa del hijo de su nuevo marido. Por último, había un par de mujeres a las que había invitado solo para darme el placer de pavonearme, como Lynn Liggett Smith (mujer de un anterior novio, Arthur Smith) y Emily Kaye (novia de mi último novio, el reverendo Aubrey Scott).

Tras los habituales veinte minutos de charla, durante los cuales respondí a las mismas preguntas seis o siete veces, Sally dio un breve discurso acerca de mi próximo matrimonio, incluida una broma sobre cuánto habían esperado la llegada de ese día (gracias, Sally), y dio comienzo la apertura de los regalos. Había dejado indicados mis colores favoritos para toallas y artículos de baño en los comercios locales y, por supuesto, había mucho de eso, así como vasos para los cepillos de dientes, cestos para la colada e, incluso, colgadores de toallas con nuestras iniciales, lo cual me dejó sin palabras. Me moría de ganas de enseñárselos a Martin e, imaginando su cara, sentí que unas carcajadas difíciles de contener se agolpaban en mi pecho. Fui pasando cada uno de los regalos por el círculo de mujeres para que fuesen admirados y cada una recibiera la enhorabuena por su buen ojo.

Fue la lencería, por supuesto, la que provocó más reacciones. Susu me regaló un sensual conjunto con estampado de leopardo que se ganó unos cuantos comentarios subidos de tono. Mi madre optó por unos pijamas de seda color champán y las anfitrionas de la despedida me obsequiaron con un impresionante salto de cama con lazos negros. Me lo pasaría muy bien enseñándoselo a Martin.

Sally y Eileen no habían parado de entrar y salir durante la apertura de los regalos, desapareciendo en la cocina tras comentar uno o dos obsequios, pero al final aparecieron de nuevo para ocupar sus respectivos sitios en la mesa del abarrotado comedor. Sally se puso a servir ponche en las delicadas copas y Eileen a cortar y servir porciones de tarta, en su mejor vajilla de porcelana, desde el extremo opuesto. Como agasajada, se suponía que yo debía empezar, una de las ventajas de ser la novia. Todas hicimos los comentarios rituales sobre la buena noche que estaba haciendo y de cómo todas acabábamos de cenar y no sabíamos si nos iba a caber otro bocado, para, a continuación, llenar los platos y atiborrarnos.

Como cabía esperar, estaba todo de primera, pero bien podría haber sido serrín, que yo lo habría disfrutado igual. Algunas invitadas recordaban sus propias despedidas y respectivas bodas; algunas pedían a Sally y a Eileen sus recetas; otras optaban por comentar los últimos sucesos de Lawrenceton o me preguntaban por mis planes de boda, y unas pocas de las más veteranas me sometían a exhaustivos interrogatorios sobre Martin y quién era «su gente».

Mientras algunas iban depositando sus platos en el aparador, una señora muy mayor se sentó a mi lado, en la silla que mi madre había dejado libre por un momento. Sus arrugas eran como telarañas dispuestas a lo largo de toda su cara y sus ojos de un azul descolorido; su pelo, ya escaso, era como la nieve; llevaba uno de esos vestidos con estampado de flores que nunca han pasado de moda en Lawrenceton. Ese, en concreto, era azul cielo con flores rosas y la mujer que lo lucía era igual de gruesa de la cabeza a los pies. Era la señora Lyndower Dawson, bautizada como Eunice, pero a la que todo el mundo se refería como Neecy desde la infancia.

—¿Cómo está, señora Neecy? —pregunté.

—No me puedo quejar, Aurora. Mientras el Señor me lo permita, sigo con ganas de desenvolverme sola —respondió Neecy con solemnidad.

En Lawrenceton nos preocupaba un poco que el Señor permitiese a Neecy que se desenvolviera sola, ya que aún conducía y tendía a desviarse al centro de la calzada y a ignorar pequeños detalles como las señales de *stop*.

—Dime una cosa, Aurora —prosiguió Neecy, despacio, y me di cuenta de que estábamos entrando en materia—. Tengo entendido que ese joven novio tuyo te ha comprado la casa de los Julius.

—Así es —asentí con agrado, halagada por que Martin fuese mi «joven novio» y con curiosidad por lo que me fuese a decir a continuación.

—La llaman casa de los Julius, pero en realidad no lo es.

—Ah, ¿no?

—Claro que no; esas personas solo vivieron allí unos meses. En realidad, es la casa Zinsner. Ellos la construyeron en su día y vivieron en ella durante sesenta o sesenta y cinco años, antes de que Sarah May se la vendiera a los Julius.

—No me diga. —En realidad lo sabía, pero no quería interrumpir a la señora Neecy en medio de su discurso.

—Y tanto, cariño. Los Zinsner eran una vieja familia de Lawrenceton. Llegaron aquí antes incluso que la mía, y la rama familiar que construyó esa casa fue la última. La erigieron allí cuando la ciudad se encontraba a cuatro kilómetros, junto a un camino de tierra y a más de un kilómetro de la carretera pavimentada más cercana.

Asentí para animarla a proseguir.

—Recuerdo cuando estaban construyendo la casa. John L. y Sarah May se peleaban como gatos panza arriba sobre cómo hacerlo. John L. quería hacer las cosas de una manera y Sarah May de la contraria. Ella quería tener un mirador en el jardín trasero y John L. le respondió que tendría que construírselo con sus propias manos si tanto lo quería. Sarah May era una mujer inteligente, pero había cosas que no estaban a su alcance. Pero se salió con la suya con el porche. Cuando la casa estuvo acabada, le dijo a John L. que quería tener uno en la parte delantera, uno grande. John L. ya había terminado el tejado y no quería arrancarlo y empezar de cero, por eso el tejado del porche está separado. John L. se limitó a rellenar la separación con masilla. Luego a Sarah May le dio por un garaje para dos coches en vez de uno y, a pesar de que solo tenían uno, John L. añadió el espacio para el segundo vehículo. Y luego ella quiso otro armario, pero se pelearon ¡y él lo cubrió con tablas para fastidiarla! —Neecy meneó la cabeza recordando a los agitados Zinsner.

—¿Han muerto los dos? —pregunté amablemente.

—Dios, no. Alguien tan mala como Sarah May no muere así como así —dijo Neecy en tono burlón—. Vive en los apartamentos Peachtree, un bonito nombre para esa vieja casa de Pike Street, donde estaba el cuartel de los bomberos. De vez en cuando visito a unas amigas que viven allí y veo a Sarah May a menudo, aunque algunos días ni se acuerda de quién soy. Y esa otra mujer también está allí, ahora que lo pienso.

—¿A qué mujer se refiere, señora Neecy?

—La madre de la señora Julius. Se puso nombre italiano. Toti… No. Melba Tonino.

No sabía que la familia que había construido la casa aún contase con miembros vivos, ni que la suegra (como la identificaba siempre la leyenda local) aún siguiese viva, y mucho menos en Lawrenceton.

—No sabías todas esas cosas, ¿verdad? —dijo Neecy con satisfacción—. Ya no queda mucha gente que recuerde las cosas tal como ocurrieron.

—Gracias por compartirlas conmigo —dije sinceramente.

—Oh, las viejas no valemos para mucho más que recordar —afirmó Neecy con un gesto despectivo.

Por supuesto, protesté como era preceptivo y ella se quedó contenta, como también era preceptivo. Le agradecí profusamente sus pastillas de jabón aromático con forma de conchas marinas y eso también resultó de su agrado.

Se levantó para irse, pero se detuvo para decir una última cosa.

—Ese hombre con el que te vas a casar, Aurora, ¿de verdad es de Chicago, Illinois?

—Bueno, se mudó aquí desde Chicago. En realidad se crió en Ohio.

Neecy Dawson agitó la cabeza lentamente. Me dio unas palmadas silenciosas en el hombro y empezó a caminar hacia mi madre. Vi que entablaba con ella una seria conversación.

Más tarde, cuando estábamos cargando los regalos en el maletero del coche de mi madre, le pregunté qué le había contado Neecy. Madre rio.

—Bueno, si de verdad quieres saberlo… Me preguntó si de verdad te ibas a casar con un yanqui.* Yo le he dicho que es de Ohio, y ella que «Pobre Aida. Sé que te preocupa, pero los hay majos. Aurora estará bien, cariño».

---

* En referencia al clásico enfrentamiento norte-sur de la guerra de Secesión, donde los sureños se referían a los norteños como *yanquis*. (*N. del T.*).

CAPÍTULO 5

Ahora que me había enzarzado en la reforma de la casa de los Julius (era, sencillamente, incapaz de referirme a ella como la casa Zinsner), los días previos a la boda volaron. Terminé primero el apartamento del garaje; trajeron la alfombra a los tres días de que el pintor terminase con su trabajo; limpié los muebles que había comprado y los situé buscando un hogar acogedor; cambié el forro de las estanterías de la cocina; limpié los fogones, e hice la cama. Había comprado un conjunto de vajillas para cuatro en el WalMart, a lo que sumé algunos regalos de boda, como sartenes y ollas, que no iba a necesitar. Colgué toallas en el cuarto de baño, instalé la cortina de la ducha y dispuse algunas de las pastillas de jabón con forma de concha en la jabonera. Al final tenía un aspecto agradable, acogedor y limpio. Solo esperaba que satisficiese a los amigos de Martin.

La tarea en la casa grande fue mucho más lenta. Algunos de los especialistas que quería estaban ocupados, la alfombra tardó más de lo previsto en llegar y me costó elegir colores de pintura y tonos de empapelado. Estaba como loca por acabar; mi adosado y el cuarto de invitados de mi madre estaban atestados con mis regalos de boda y algunos muebles de Jane Engle con los que me había quedado. Los muebles de Martin aún estaban guardados en un almacén cerca de Atlanta e hice un viaje hasta allí para ver qué tenía. Entre tomar decisiones, irritarme por los retrasos y perder horas enteras preocupándome, poco tiempo me quedaba para vestirme adecuadamente y llegar puntual a las demás fiestas celebradas en nuestro honor.

Soy consciente de que eran problemas de lo más agradables; no obstante, empecé a acusar el cansancio, el desgaste y la desesperación. Martin también parecía extraordinariamente sombrío, aunque su mal humor no parecía tener nada que ver con nuestra boda.

Así que me alegré y todo al dar la bienvenida a los Younghood a su llegada desde Florida. Me encontraba en la casa de los Julius cuando llegó su coche a mediodía, semana y media antes de la boda.

Angel Younghood emergió del polvoriento viejo Camaro en primer lugar. Sus interminables piernas salieron primero, seguidas del resto de su cuerpo. Me quedé con la boca abierta. Era tan alta como su marido. Delgada y musculosa como un leopardo, tenía el pelo rubio claro, recogido en una coleta. Llevaba los típicos pantalones holgados que suelen ponerse las levantadoras de pesas cuando entrenan y una camiseta gris. Su boca era amplia y de labios finos, su nariz recta y los dos ojos de color azul brillante asomaban en una cara estrecha. Iba maquillada. Nos contemplamos con curiosidad.

—Me llamo Aurora —me presenté finalmente, estrechándole la mano, lo cual fue una experiencia para ambas—. Eres Angel, ¿verdad?

—Sí —dijo—. Ha sido un viaje largo. Se agradece salir del coche.

Se estiró en un impresionante proceso que exhibió unos músculos que no sabía que tuviéramos las mujeres.

Su marido se aproximó para quedarse detrás de ella. Parecía incluso más moreno que la otra vez, resaltando sus marcas de viruela en contraste con la suavidad de la piel de ella.

—Me alegra verte de nuevo, Shelby —saludé.

—Aurora —dijo asintiendo.

Los alfombristas, que estaban metiendo el bulto, se detuvieron para admirar a Angel. Shelby les devolvió la mirada. No tardaron ni un segundo en reanudar el paso a toda prisa.

Tampoco es que fuese tan atractiva. No lo era. Y su pecho era casi plano. Simplemente su buena forma, su piel bronceada y su pelo rubio eran demasiado llamativos. Era como ver a un animal salvaje paseando por un jardín doméstico: bella y aterradora a la vez.

—Por favor, venid a ver el apartamento del garaje —los invité, algo tímida—. Espero que os guste. —Giré para encabezar la marcha por las escaleras, pero me lo pensé mejor—. No —dije volviéndome—. Tomad las llaves.

El apartamento era suyo; mejor sería que lo viesen a solas, sin nadie delante que les hiciese sentir la obligación de que debían admirarlo. Me fui a supervisar la instalación de las alfombras.

Al cabo de una hora se presentaron en la casa, mirando a su alrededor con cautela, como gatos examinando un nuevo entorno.

Mientras Shelby aceptaba mi invitación de subir las escaleras para completar el *tour* de la casa, Angel posó su amplia mano sobre mi hombro para llamar mi atención. Alcé la mirada hasta sus ojos.

—Es el sitio más acogedor en el que hayamos vivido en años —dijo inesperadamente—. Shelby ya me había contado cómo era. Gracias por todo.

—De nada. Si queréis cambiar cualquier cosa, este es el momento, con todos estos especialistas yendo y viniendo.

Me miró con gesto inexpresivo, como si la posibilidad de cambiar el entorno fuera una idea de otro planeta.

—¿Dónde quieres que aparquemos el coche?

—Como Martin y yo no tenemos los dos coches aquí, usad el garaje. No sé qué pasará después de la boda, pero algo se nos ocurrirá.

—De acuerdo. Hemos subido nuestras maletas y estamos listos para empezar a trabajar.

«Trabajar» me parecía un término demasiado formal para la relación de ayuda que Martin había sugerido, pero lo cierto es que cualquier ayuda era bienvenida.

—Te diré lo que quiero hacer en la casa y hasta dónde hemos llegado en cada apartado —dije. Para mi sorpresa, ella sacó un bloc de notas del bolsillo y quitó el capuchón al bolígrafo que llevaba enganchado. Shelby apareció de repente al lado de ella, escuchando con la misma atención que si les estuviera poniendo al día acerca de un lanzamiento de misiles. Nerviosa y con una sensación extraña, inicié mi explicación de los planes que había hecho para cada habitación y les enseñé las muestras de pintura, empapelado y alfombras que había clasificado en un archivador de acordeón. En el apartado de cada habitación había incluido también la respectiva lista de reparaciones y los cambios necesarios, y también había pegado en la portada una lista de las tareas que tenía que hacer antes de irme de luna de miel. La lista incluía quehaceres como la suscripción al periódico, el encargo de nuevas pegatinas con la dirección, la nueva tarjeta de la biblioteca, el empaquetado de los libros del adosado, la recepción de la nueva estufa el lunes por la mañana, etc. Y la lista seguía y seguía.

—Creo que podemos encargarnos de esto —se ofreció Shelby tras un exhaustivo repaso.

—¿En serio? —Era consciente de que sonaba un poco boba, pero estaba aturdida. En ningún momento se me había ocurrido que me quitarían todo el peso de encima.

—Claro que no podremos firmar nada en tu nombre —terció Angel—. Y querrás verlo con tus propios ojos, al menos una vez al día. Yo lo querría; pero creo que podremos encargarnos de que todo esté listo a tiempo, y veo que has incluido una lista de todos los números de teléfono que podríamos necesitar.

Se me da bien organizarme.

—¿Lo haríais? —Aún me costaba aceptar el alivio que se presentaba tan gratuitamente ante mí.

—Por supuesto —repitió Angel, sorprendida a su vez—. Para eso estamos aquí.

—¿Cuándo empezará Shelby en Pan-Am Agra?

—Oh, no hasta que volváis —dijo Shelby—. Martin quiere que nos aseguremos de que todo sigue su marcha mientras estáis fuera y eso es lo que Angel y yo tenemos intención de hacer.

—Oh… Es maravilloso. Gracias —les dije desde lo más hondo de mi corazón.

Ellos intercambiaron miradas con cierta incomodidad.

—Es nuestro trabajo —explicó Angel con un leve encogimiento de hombros. Un leve encogimiento en Angel era todo un gesto.

Tenía que tranquilizarlos antes de irme.

—Bueno —dije con ímpetu—, el carpintero que está haciendo las estanterías del recibidor debería venir esta tarde, pero hará que su mujer lo llame con cualquier excusa a las doce y media, así que decidle que si no viene a terminar el trabajo, mañana llamaremos a otra persona.

—De acuerdo —asintió Shelby—. ¿Y a quién deberíamos llamar mañana? ¿O es un farol?

—Es un farol. Vendrá hoy, pero necesita que le achuchen un poco. Le gusta irse de pesca.

—A mí también —admitió Shelby—. Lo siento por él. Bueno, continúa, si hay algo más que debamos saber. Nosotros nos encargamos.

—Gracias —repetí con toda la sinceridad de mi corazón.

Esa tarde teníamos programada otra sesión con Aubrey. Llegué a St. James temprano, pero Aubrey ya estaba allí, sentado en la escalinata de la iglesia. Estaba contemplando la puesta de sol, un pequeño ritual que le gustaba celebrar de vez en cuando. Me coloqué a su lado, feliz de poder sentarme al fin y relajar un poco la cabeza.

Tras saludarnos, guardamos un afable silencio durante varios minutos, cada uno sumido en sus propios pensamientos, contemplando el resplandor que se apagaba poco a poco en el oeste. Aubrey tenía una increíble capacidad de transmitir serenidad, la tranquilidad interior de un hombre en paz con el mundo y su creador.

—Por una vez, Martin no llega pronto —observó Aubrey tras un instante.

—No… Supongo que tendría una reunión.

—Tengo la impresión de que siempre se adelanta porque no le gusta la idea de dejarte a solas conmigo.

—¿Tú crees?

—Podría ser —aventuró Aubrey con neutralidad.

—Sabe que lo quiero —dije.

—Sabe que otras personas también te quieren a ti. Di vueltas a esa idea.

—¿Insinúas que es una persona celosa?

—Podría ser.

—¿Te cae bien?

—Lo admiro. Tiene muchas cualidades, Roe. No creo que escogieras a un hombre que no las tuviera. Es inteligente, fuerte, un líder. Y es evidente que te quiere; pero vas a tener que estar por encima de él en todo, en cada aspecto, sin dejar que te coja ventaja, porque, una vez lo consiga, no podrá parar.

—Me sorprende, Aubrey. —Los ojos se me fueron hacia una hormiga que avanzaba con dificultad por el cemento de la acera.

—Me importas. Claro que me importan todas las personas de esta congregación, pero tú eres especial para mí, y lo sabes. En estas sesiones de orientación he visto cuánto os queréis el uno al otro, y también que los dos creéis en Dios y queréis llevar una buena vida; pero Martin siente que es el único que puede mandar en él, que él y Dios van por caminos separados.

Nuestras rodillas casi tocaban nuestras caras, dada la escasa altura de los escalones. Apoyé la cabeza en mis propias rodillas, sintiendo los movimientos de mis músculos, la asombrosa forma en que funciona el cuerpo. Intentaba no asustarme.

—¿Oficiarás la boda?

—Sí. Y no te estoy diciendo nada que no le diría a Martin. Solo quería hablar contigo porque tenía la sensación de que se me estaba impidiendo. Y porque siempre me caerás bien.

—¿Te vas a casar con Emily? —Empezaba a impacientarme, pero la tarde y la tranquilidad del vecindario que rodeaba la iglesia animaban a la conversación íntima.

—Nos lo estamos pensando. No hace mucho que enviudó, y su hija todavía está intentando comprender la ausencia de su padre. —El marido de Emily había muerto en un naufragio el año anterior, y ella se había mudado a Lawrenceton, donde tenía una tía.

Emily Kaye era aburrida como un lavavajillas, pero, por supuesto, no le iba a decir eso a Aubrey. Al menos mi pareja era interesante.

Y hablando del rey de Roma, por ahí asomaba su Mercedes. Martin lucía impecable incluso después de una larga jornada de trabajo, su camisa a rayas lisa como a primera hora, igual que el traje. Mi corazón dio un familiar salto al verlo, forzando un suspiro involuntario.

—Estás muy enamorada —dijo Aubrey en voz baja, como si quisiera tranquilizarse a sí mismo.

—Sí.

Sonreí a Martin cuando salió del coche y avanzó hacia nosotros, y no parecía ni celoso ni incómodo ante la presencia de Aubrey, pero me asió de las manos y tiró de mí hacia arriba para darme un beso más largo e intenso de lo habitual.

—Iré a abrir el despacho —murmuró Aubrey, levantándose del escalón.

—Tus amigos han llegado hoy —informé a Martin.

—Shelby me ha llamado. ¿Qué te ha parecido Angel?

—Nunca había conocido a nadie como ella, aunque como Shelby tampoco.

—¿Qué quieres decir? —Echamos a andar por la acera sur hacia el vestíbulo de la parroquia, donde se encontraba el despacho de Aubrey. Anochecía rápidamente. Podía verse el brillo de la luz de la lámpara de escritorio escapándose por la ventana de su despacho.

—Bueno —comencé, despacio y con cuidado—, parecen acostumbrados a tener o necesitar muy pocas cosas. —No estaba muy segura de cómo articular mi siguiente pensamiento—. Entienden rápidamente lo que quiero y actúan sin dilación, pero sin revelar nada de ellos mismos ni de sus deseos. Ay, Dios, eso les hace parecer una asistenta y un mayordomo, y no pueden estar más lejos de serlo. ¿Entiendes lo que quiero decir?

Guardó silencio durante un momento. Tenía miedo de haberlo ofendido.

—Son muy independientes y capaces de realizar juicios rápidos; puede que Angel más que Shelby —explicó Martin finalmente—. Pero te comprendo. Shelby nunca ha sido de los que hablan de sí mismos, y siempre creí que se casaría con una parlanchina, pero lo hizo con Angel. Ella te contará más cosas que Shelby, pero tampoco es de las que hablan demasiado.

—Serán de gran ayuda para terminar la casa —dije, calculando mis palabras, cuando supe que Martin no iba a ahondar más, como decirme, por ejemplo, quién era esa gente, de dónde venía y qué habían estado haciendo allí. ¿Por qué se habían mudado a Lawrenceton y para hacer qué?—. Es un alivio tenerlos aquí.

—Estupendo, cielo. Quería que tuvieses un poco de tranquilidad antes de la boda. Esa casa te estaba agotando.

¿Agotando? Sentí la urgente necesidad de meterme en el primer aseo para mirarme al espejo, aterrada ante la posibilidad de encontrarme con patas de gallo y canas. No suelo ser demasiado consciente de mi aspecto, pero los preparativos del vestido de boda y todo el ajetreo de los últimos dos meses habían puesto en primer plano algo que hasta entonces no lo había estado.

—Tomaron notas —le dije a Martin, ausente—. Creo que lo harán estupendamente.

—Quiero que seas feliz —dijo.

—Lo soy —respondí, sorprendida—. Nunca he sido más feliz en mi vida.

Llegamos a la puerta del despacho de Aubrey y nos cogimos de las manos antes de entrar. Era nuestra última sesión antes de la boda y Aubrey no iba a ponérnoslo fácil. Hizo preguntas difíciles y esperó respuestas honestas. Pasó por lo que esperábamos el uno del otro económica, emocional y religiosamente. Volvimos a hablar acerca de tener hijos, descubriendo que los dos seguíamos siendo incapaces de decidir. Quizá la indecisión no fuese buena, pero era, sin duda, mejor que mantener posturas opuestas, ¿no?

Las sesiones de orientación habían revelado complejidades que nunca hubiera imaginado: las decisiones y los ajustes, grandes y pequeños, de compartir una vida con otro ser humano. Era el aspecto más funcional del matrimonio y que, de alguna manera, había pasado por alto siempre que mis amigas me hablaban de su vida en pareja. Martin, más experto en estas lides por su anterior matrimonio, había mencionado a Cindy a lo largo de las sesiones más veces de las que nunca la había oído nombrar con anterioridad. Escuché con más atención, especialmente desde que la conocí en persona. Y esa noche Aubrey le hizo la gran pregunta.

—Martin, como es natural, nos hemos centrado en tu relación con Roe, dado que os vais a casar. Pero me preguntaba si querrías compartir tus opiniones acerca de por qué no funcionó tu anterior matrimonio. ¿Hemos tocado algo en estas sesiones que te haya sugerido alguna idea?

Martin estaba pensativo. Sus ojos marrón claro se perdieron en la pared, por encima de la cabeza oscura de Aubrey, mientras se aflojaba la corbata con una mano.

—Sí —dijo con calma al cabo de unos segundos—. Hay algunos temas de los que nunca hemos hablado, cosas importantes. Algunas preferiría guardármelas. No quiero que la mujer que amo tenga que preocuparse.

Abrí mucho los ojos, descolgando la mandíbula. Aubrey meneó la cabeza muy levemente. Hice lo propio, pero con una rebelde vehemencia. Me preocuparía si se me antojaba. Merecía poder escoger.

—Pero —prosiguió Martin— así no puede sobrevivir un matrimonio. Cindy acabó por desconfiar de mí para todo. Entristeció y se distanció de mí. En aquel momento pensé que, si tenía la suficiente fe en mí, todo saldría bien, y me irritaba que no la tuviese.

—¿Y ahora? —insistió Aubrey.

—Creo que no estaba siendo justo con ella —admitió Martin con sinceridad—. Por otra parte, ella empezó a hacer cosas para llamar mi atención. Tontear con otros hombres, implicarse en causas por las que no sentía excesiva simpatía...

—¿Y no os hicisteis partícipes de vuestros respectivos sentimientos?

—Era como si no pudiésemos. Pasábamos tanto tiempo hablando de las notas de Barrett, de a qué hora teníamos que estar en las reuniones de padres, de si debíamos instalar un sistema de riego, que no encontrábamos el momento de tratar los asuntos importantes. Teníamos la cabeza siempre en otras cosas.

—¿Y ahora, en tu matrimonio con Aurora?

—Lo intentaré. —Al fin me miró con aire de disculpa—. Roe, intentaré hablar contigo de las cosas verdaderamente importantes. Pero no será fácil.

Antes de irnos, Aubrey nos dijo:

—Casi se me olvida, Roe. He hablado con algunos feligreses que viven en los apartamentos Peachtree. Estábamos en la sala común cuando una señora se me acercó y me preguntó si era yo el pastor que iba a oficiar la ceremonia de vuestro matrimonio.

—¿Quién era?

—Una tal señora Totino. ¿La conoces? Dijo que había leído el anuncio de vuestro compromiso en el periódico. Quería conocerte.

—Totino —repetí, intentando poner cara al nombre—. ¡Oh, ya sé! ¡La suegra de los Julius! Oí en la despedida que aún seguía viva y que vivía allí. Lo había olvidado por completo.

—No la conocí cuando compré la casa. Bubba Sewell era el que iba de acá para allá con todos los papeles —indicó Martin.

—¿Qué tal está de salud, Aubrey? —pregunté.

—Parecía bastante delicada, pero muy ácida y en plenas facultades mentales. El anciano al que iba a visitar me dijo que era el terror de los celadores.

Me imaginé a una señora mayor de cabello cano que no paraba de lanzar comentarios ácidos que luego los celadores repetirían a sus familias durante la cena.

—Iré a verla después de la boda —decidí.

CAPÍTULO 6

Últimamente me sentía como si estuviese en una de esas películas en las que las hojas de un calendario se van volando para indicar el paso de los días. Los acontecimientos y los preparativos difuminaban el tiempo. Al pensarlo más adelante, solo un par de asuntos sobresalían con claridad.

La noche que volvíamos a casa de la barbacoa que nos habían preparado los padres de Amina en su casa del lago, Martin me dijo por fin adónde nos iríamos de luna de miel. Me había preguntado lo que prefería y yo le había animado a sorprenderme. Algo dentro de mí se esperaba las islas Caimán, o puede que un crucero por el Caribe.

—Quería que tuvieras elección, así que he iniciado los preparativos para dos alternativas —empezó a decir de vuelta a casa, mientras el Mercedes recorría la carretera que desembocaba en la autopista. Me acomodé en el asiento, llena de expectación y cerdo asado.

—Podemos ir dos semanas a Washington para ver el Smithsonian.

Solté un suspiro de deleite.

—O nos podemos ir a Inglaterra.

Me quedé aturdida.

—Oh, Martin, ¿pero hay algo que…? Quiero decir, ¿son sitios en los que tú disfrutarías?

—Claro. He estado en Washington muchas veces, pero nunca he tenido tiempo de ver el Smithsonian. Y si escoges Inglaterra, podremos recorrer las localizaciones de asesinatos famosos de Londres, si me acompañas a comprar algún traje a Savile Row, o tan cerca como podamos llegar.

—¿Cómo elegir? —Me mordí el labio inferior en feliz agonía—. Oh ¡Inglaterra! ¡No veo la hora! ¡Martin, qué gran idea!

Tenía una de sus escasas y amplias sonrisas.

—Eso quiere decir que escogí las alternativas adecuadas.

—¡Y tanto! ¡Estaba convencida de que nos iríamos a alguna isla a tumbarnos sobre la arena y llenarnos de sal!

Rio con ganas.

—Eso podríamos hacerlo también en otra ocasión; pero quería que te lo pasaras realmente bien, y una luna de miel en una playa no me pegaba contigo.

Una vez más, Martin me había sorprendido con su perspicacia. Si nos hubiésemos parado a decidirlo juntos, jamás se me hubiera ocurrido Inglaterra (ir más allá del Caribe jamás se me había pasado por la mente) y, de ser así, enseguida habría descartado cualquier alternativa que no fuese del agrado de Martin.

Y encima nos lo pasamos de lujo cuando volvimos a mi adosado.

Otro momento que recordé más adelante fue cuando presenté a Amina y a Martin. Estaba muy emocionada ante la expectativa y atribuí los inusuales silencios subsiguientes a las náuseas que Amina aún estaba experimentando. Ella, siempre inconsciente de su buena salud, lo estaba pasando un poco mal ajustándose a los nuevos límites e incomodidades del embarazo. Su cabello se limitaba a colgar, en vez de brillar rebosante, como de costumbre. Tenía la piel moteada y se le hinchaban las caderas si pasaba un rato sentada. Además, alternaba las náuseas con acidez de estómago. Pero cada vez que pensaba en el inminente nacimiento, se ponía más contenta que una cría en un tiovivo.

Por eso, al principio creía que el motivo del inusual silencio de Amina se debía a la desmoralización que le infería su aspecto. Finalmente, para mi arrepentimiento, le pregunté directamente qué pensaba de Martin.

—Sé que no soy la de siempre en este momento, pero tampoco estoy loca —empezó Amina. Tuve una sensación ominosa, de esas que surgen cuando sabes que te vas a enfadar mucho, y encima por tu propia culpa. Nos encontrábamos en el jardín delantero de la casa de los Julius, que empezaba a parecerse a lo que mi imaginación había sugerido la primera vez que estuve allí. Las piernas de John Henry, con sus atuendos de fontanero, sobresalían de debajo de la casa; un joven negro estaba recortando los arbustos de los cimientos y los Younghood se encontraban haciendo una de esas cosas asiáticas raras en el ancho camino privado, delante de la cochera. Era una especie de *ballet* marcial que alternaba repentinas patadas y gritos con fuertes respiraciones, acompañados de lentos y gráciles movimientos. Amina los observó un momento y meneó la cabeza con incredulidad.

—Cariño —me dijo mirándome directamente a los ojos—, ¿quiénes son esos dos?

—Ya te lo he dicho, Amina —repetí—. Shelby es un viejo compañero de armas de Martin y ha perdido su trabajo en Florida.

—Corta el rollo.

Mi mejor amiga me acababa de dejar boquiabierta.

—¿Qué trabajo? ¿Dónde exactamente? ¿Qué hacía en concreto? ¿Y a qué se dedica ahora? ¿Y ella te parece un ama de casa normal?

—Bueno, puede que no sean como las personas que conocemos…

—¡Y tanto! ¡Hugh ha dicho que parecen candidatos a ser defendidos por el Departamento de Derecho Penal de su bufete!

Amina se dio cuenta inmediatamente de que sacar a colación a Hugh, su marido, había sido un error.

—Vale, vale —dijo, alzando las manos—, tregua. Pero escucha, cielo, esa gente me parece muy rara. Y que Martin insista tanto en que vivan aquí contigo, no sé, me parece muy extraño.

—Concreta un poco, Amina —conminé con mucha rigidez—. ¿Cómo que extraño?

Amina osciló de un pie a otro con incomodidad.

—¿Y si nos sentamos? —propuso, lastimera. Reconocí que estaba empleando una táctica de demora, pero no era menos cierto que debía estar cansada. Arrastré una hamaca hacia ella y me quedé con otra. Martin y yo habíamos pasado la tarde anterior sentados fuera, contemplando la casa y hablando de nuestros planes.

—No debí sacar el tema —murmuró Amina para sí mientras intentaba amoldar su transformado cuerpo al ligero aluminio de la hamaca—. Simplemente me preocupo por ti —dijo directamente—. Si Martin fuese un tío normal, con un trabajo normal, que volviese a casa todas las noches, estupendo. Y conste que me cae bien, porque salta a la vista que cree que eres lo mejor del mundo, después del pan de molde. Pero pasa mucho tiempo fuera, trabaja demasiado, muchas horas. ¿Por qué tiene que ausentarse tantos días de la ciudad? Los gerentes de planta supuestamente tienen que quedarse en la planta, ¿no? Y esos Younghood —añadió, sacudiendo la cabeza hacia ellos.

—Amina, para.

—Tu madre también está preocupada. —Se puso a llorar.

Los Younghood habían terminado su extraño ritual y ahora estaban realizando otra clase de ejercicio, mirándose el uno al otro, de cuclillas, apoyados mutuamente en los brazos.

Mi madre, pensé, había sido lo bastante avispada como para no decirme nada.

Admito que la conversación me estremeció.

Saqué del bolso un pañuelo de papel y se lo di.

—Solo temo que… Es que casi pareces su prisionera.

—Amina, creo que necesitas echarte un poco —recomendé tras un breve silencio.

—¡No seas condescendiente conmigo! Quizá esté embarazada, pero no me he vuelto estúpida.

—Entonces me creerás cuando te digo que no quiero saber nada más de este asunto.

Ambas desviamos, enfadadas, la mirada en direcciones opuestas, dándonos tiempo para recomponernos y procurar recuperar el buen tono de la amistad.

Nos llevó varios días.

La ceremonia en sí fue breve y preciosa. Mi lado de la iglesia estaba atestado de vecinos de Lawrenceton, mientras que los amigos y allegados de Martin cubrieron la mitad de su bancada. La edad y haber cambiado tanto de residencia habían hecho que Martin no invitase a mucha gente, y los que habían acudido eran compañeros profesionales de Pan-Am Agra, unos cuantos viejos amigos de Ohio y su hermana Barbara. Sentía más simpatía por Barby desde que conocí su historia durante mi estancia en Corinth, pero sabía que nunca llegaría a ser gran amiga o confidente mía. Se había traído a su hija, una guapa morena entrada en carnes que cursaba segundo año en la Kent State y respondía al nombre de Regina. No era persona de muchas luces y no dejaba de preguntar por qué su primo Barrett no había acudido a la boda de su padre.

La iglesia episcopaliana de St. James estaba llena. Mientras Emily Kaye tocaba el órgano como los ángeles, mi madre recorrió el pasillo con la dignidad que la caracterizaba, Martin emergió del estudio de Aubrey con John a su lado (estaba para comérselo con su traje) y Amina atravesó el pasillo con un vestido largo que a duras penas disimulaba su embarazo. Había llegado mi turno.

Mi padre y su mujer decidieron acudir en el último minuto. Os podéis imaginar cómo me hizo sentir su falta de entusiasmo. Y encima dejaron a mi hermano Phillip con unos amigos en California.

Mi aplastante decepción siempre había interferido en los sentimientos que profesaba hacia mi padre.

No soy de esas personas que disfrutan echándolo todo por tierra. No desprecio las tradiciones. No me gustan los cambios de planes de última hora. Pero cuando llegó mi padre le dije que deseaba recorrer el pasillo sola. Mi madre dio un agudo bufido y abrió la boca para decir algo, pero luego me miró y la cerró. No expliqué mi decisión a mi padre ni aguardé a su reacción ni lo insté a que no se sintiera dolido por ella, y Betty Jo no tenía ni voz ni voto. Así que mi padre y su mujer entraron en la iglesia por delante de mi madre.

Por eso emprendí el recorrido del pasillo sola cuando Emily empezó a tocar las notas que tantos años había esperado escuchar. Me había arreglado el pelo, lucía los pendientes que Martin me había regalado la noche antes de comprometernos y presentaba el atuendo completo de novia. Me sentía como la reina del baile, como Miss América, la ganadora de un Premio Pulitzer y una nominada al Tony, todo en uno.

Y nos casamos.

CAPÍTULO 7

Giramos para tomar el camino de grava, aturdidos por el viaje y contentos por volver a casa. Sabía que Martin volvía a tener los pensamientos puestos en el trabajo y yo me veía ya en mi (nuestra) propia cama, con mi lavadora y quedándome en camisón hasta que me viniese en gana vestirme. ¡Y mi propio café! Nuestra luna de miel, que había sido tan dulce como cabe esperar de cualquier luna de miel, resultó maravillosa, pero ya tenía ganas de volver a Lawrenceton. Costaba creer que nos quedaba buena parte del día antes de poder acostarnos. Martin había dormido un poco en el avión mientras sobrevolábamos el océano. Yo también, pero no había resultado precisamente un sueño reparador.

La casa estaba maravillosa. Moqueta nueva, recién pintada y las estanterías montadas. Benditos sean los Younghood; habían colocado los muebles que compré y había esperado encontrar apilados contra las paredes. Había dejado diagramas de cómo quería disponer los dormitorios, pero no me había hecho una idea del salón. Estaba muy bonito, aunque ya tenía en mente un par de detalles que quería cambiar. Madeleine se había adueñado de uno de los sillones y dominaba perfectamente la gatera de la puerta de la cocina. A juzgar por su barriga, los Younghood la habían alimentado demasiado bien. Se mostró moderadamente contenta al verme y, como siempre, ignoró por completo a Martin.

Vagamos, cada uno por su lado, por la casa con ese típico aire distraído del regreso al hogar después de un viaje, aún sin acabar de asentarnos. Martin se dedicó a clasificar el correo acumulado que se encontraba en la mesa de centro en dos montones: el suyo y el mío, mientras yo vagaba por el comedor, tomando nota de todos los regalos envueltos que se apilaban sobre la mesa, e inspeccionaba la cocina. Yo misma me había traído la mayor parte de mis utensilios y los había ordenado antes de la boda, al igual que los objetos de Martin, pero aún quedaban un par de cajas por desempaquetar: los artículos esenciales que había dejado en mi apartamento hasta el día de la boda. Habría limpiado el apartamento y me hubiera ido a vivir un tiempo con mi madre si el mobiliario de Jane Engle no hubiese ocupado ya el tercer dormitorio y el segundo hubiese estado reservado para Barby Lampton para la semana de la boda.

Mientras empezaba a desempaquetar los últimos regalos de boda amontonados en la mesa del comedor, observando la nuca de Martin desde mi posición, supe que iba a caer en una especie de depresión posboda en cuanto iniciásemos nuestra rutina conyugal, razón por la que me alegré de tener trabajo pendiente en la casa. Contemplé, cansada, otro juego más de copas de vino y comprobé la caja para cerciorarme de que provenían de la tienda de regalos de Lawrenceton. Así era. Podría llevarlo allí al día siguiente y cambiarlo por algo que necesitase realmente, aunque no se me ocurría el qué, ya que, al parecer, teníamos trastos suficientes para que nos durasen toda una vida.

El siguiente paquete contenía unos salvamanteles individuales plateados y púrpuras tan impresionantes que cedí a la necesidad de llamar a Martin para que los admirara. Nos rompimos la cabeza con la nota que los acompañaba, pero al final conseguimos descifrar la intrincada letra.

—¡Martin, son de la señora Totino!

—¿La señora qué?

—¡La suegra! ¡La que descubrió que todos habían desaparecido! ¿Por qué nos mandaría un regalo?

—Probablemente se alegre de desembarazarse de la casa después de tantos años.

—El dinero. Supongo que se alegrará de ganarlo. ¿La casa era suya? —Una idea me asaltó de repente—. ¿Se ha declarado oficialmente fallecida a la familia?

—Todavía no. Será más adelante, dentro de unos meses. El cheque por la compra de la casa ha ido directamente a la propiedad, representada por Bubba Sewell. Fue un trato algo extraño. Obviamente, la señora Totino fue designada custodia de la propiedad al año. No creo que haya otros familiares.

Cogí una de las maletas para llevarla arriba.

—Me voy a mi propia ducha, en mi propio cuarto de baño, con mi propio jabón.

—¿Y qué me dices de una cabezadita en nuestra propia cama? —preguntó él.

—Ideal. En cuanto llame a mi madre para decirle que hemos vuelto.

—¿Puedo acompañarte?

—¿Para llamar por teléfono? ¿Para la ducha? ¿Para la siesta?

—Quizá podríamos posponer la llamada e improvisar algo entre la ducha y la siesta.

—Es posible —dije, pensativa—; pero será mejor que te des prisa en seguirme o la siesta me reclamará primero.

—No sé si podré ser tan rápido —admitió Martin, que depositó la tarjeta en la caja de los salvamanteles y atravesó el salón para unirse a mí en la escalera—, pero podría intentarlo.

Resultó que sí podía. Inauguramos nuestra nueva casa de una manera muy satisfactoria.

Tras un día de descanso, Martin volvió felizmente al trabajo y yo me preparé para el resto de mi vida. El cuarto de baño del piso inferior no estaba terminado y me vi en la necesidad de azuzar a algunas personas al respecto, pero la parte de arriba estaba a punto y preciosa. Nuestro dormitorio era azul francés, gris y blanco. Usé los muebles de Martin para equipar el dormitorio de invitados y me guie, para la decoración, por los colores de su colcha, que era castaña y azul marino. El cuarto pequeño contenía ahora las máquinas de ejercicio de Martin y la ropa que no cabía en nuestro armario. Habían pulido y dado una nueva capa de barniz a la madera de las escaleras y la moqueta que cubría el piso de arriba se derramaba también a lo largo de estas en una franja azul cielo.

Al arrancar la moqueta original del piso de abajo, descubrí que todo el suelo era de madera y mandé que lo restaurasen. Había una gran alfombra oriental en el salón, otra en el comedor y un tapete alargado en el pasillo. Transformamos el dormitorio de la planta inferior en una salita de estar informal. El escritorio de Martin se encontraba en un rincón, también habíamos puesto allí el televisor y un par de cómodos sillones rodeados de mesitas y lámparas.

La antigua mesa de comedor de la madre de Jane Engle y sus sillas correspondientes adornaban ahora el comedor y la decoración del salón era una combinación de objetos de Jane, de Martin y míos; una mezcla ecléctica, pero, en mi opinión, agradable a la vista.

Y las estanterías de obra recorriendo el pasillo tenían un aspecto, sencillamente, maravilloso. Todo el espacio que no estaba tomado por libros quedaba ocupado con adornos que nos habían regalado por nuestra boda: un pájaro de porcelana por allí, un jarrón por allá… Dos de las librerías de Jane Engle (eran librerías de abogado con increíbles colores en los cristales) se encontraban en la sala familiar, y el resto permanecía almacenado con algunas de las pertenencias de Martin a la espera de una decisión final.

Me preguntaba qué habría sido de las pertenencias de la familia Julius.

Estaba sentada en la mesa de la cocina, tomándome un café e intentando ignorar el deseo de comer otra tostada, cuando vi a Shelby Younghood bajando las escaleras del apartamento. Rodeó el garaje por el lado más lejano y oí encenderse el motor de un coche. Debieron de pensar que ese era el sitio más discreto para aparcar. Salió marcha atrás, dio la vuelta y salió hacia, suponía, el trabajo. La gravilla crujió en cuanto pasó el coche por encima; tarde o temprano tendríamos que pavimentar el resto del camino privado. Mis pensamientos derivaron hacia Angel Younghood en su apartamento verde y melocotón y recordé las palabras que me había dicho Amina antes de la boda. Sus preocupaciones se me habían pegado como una lapa: molestas y difíciles de arrancar.

Acabé por preguntarme qué haría Angel todo el día a solas. No es que fuese un asunto de mi incumbencia, pero siempre siento curiosidad por la gente que me rodea, es algo que me mantiene entretenida.

Coloqué los platos del desayuno en el lavavajillas, limpié las encimeras y subí para vestirme. Después de haber llevado toda la ropa nueva de la luna de miel, resultaba agradable volver a mis viejos vaqueros y la camiseta de mi librería favorita. Me maquillé sucintamente para no matar de un susto a Martin cuando volviese del trabajo. Me decanté por mis gafas de montura roja y me estaba cepillando el pelo mientras planeaba mis actividades del día cuando oí que llamaban dos veces a la puerta de la cocina.

Angel llevaba uno de esos conjuntos ajustados para hacer deporte que marcan prácticamente hasta las venas. Esa combinación de sujetador y *shorts* saltaba a la vista en un llamativo diseño rosa y negro. Se había puesto una chaquetilla para no enfriarse. Sus piernas eran como dos largas columnas de músculo que culminaban en unos calcetines rosas y negros y unas zapatillas de deporte también negras.

—Bienvenida —dijo brevemente.

—Adelante.

—Solo te molestaré un minuto.

—Muchas gracias por ordenar los muebles.

Ella se encogió de hombros y consiguió esbozar una sonrisa. De repente me di cuenta de lo tímida que era Angel.

—Solo me pasaba antes de salir a correr para decirte que luego, cuando estés lista, podría venir a ayudarte a mover los muebles del salón para dejarlos como prefieras. Nosotros los hemos puesto como nos parecía más apropiado, pero imaginaba que querrías ajustarlo cuando volvieses. Tuvo que bajar muchísimo la mirada para verme, pero no pareció importarle o sentir que eso le diera una ventaja.

—Angel, ¿a qué te dedicas exactamente?

—¿Eh?

—¿Eres mi empleada? ¿Empleada de Martin, como Shelby? De ser así, ¿en qué consiste tu trabajo? Me siento como si me hubiese perdido algo.

No era mi intención parecer grosera, pero tan buena disposición a hacerme favores por parte de alguien que no era una amiga personal empezaba a incomodarme. Sería otra cosa si estuviera recibiendo un dinero por ello.

Y resultó que ese era el caso.

—Martin nos paga a Shelby y a mí —respondió tras meditarlo y mirarme durante un rato—. Por supuesto, Shelby recibe un cheque extendido por la empresa, pero también obtenemos algunos extras por ayudarte con esto. Se debe a que la casa está lejos de la ciudad, se tarda en llegar y Martin pasa mucho tiempo fuera, según me dice Shelby.

—Siéntate, por favor. —Nos sentamos una frente a otra en la mesa—. ¿Qué implica la tarea de ayudarme?

—Eh… bueno… trabajos en el jardín; hay mucho jardín que mantener. Ayudarte a mover objetos pesados en la casa y cuidar de la casa cuando estéis fuera… Cosas así.

Nos miramos fijamente. Aquello era muy interesante. ¿Cómo demonios habría sido la vida de esa mujer?

—Gracias, Angel —respondí, y ella se removió ligeramente en la silla—. Feliz carrera. Se incorporó sin demasiada prisa, asintió y salió por la puerta de la cocina, que daba al jardín posterior.

—Me pensaré lo del salón mientras corres y quizá después, cuando te hayas duchado y estés lista, podrías echarme una mano.

—Claro —dijo ella. Parecía aliviada—. Tardaré una hora, quizá un poco más.

—Bien. —Y cerré la puerta cuando salió, apoyándome en ella mientras me preguntaba qué era lo que no me había dicho.

Al final de una mañana dedicada a llevar objetos pesados de un sitio a otro, podía decir que sabía un poco más acerca de Angel. Shelby y ella llevaban siete años casados y habían coincidido en su anterior trabajo; a qué se dedicaban ya era algo más vago. Ya soy lo bastante sureña como para hacer preguntas directas y había agotado mi cuota del día esa mañana en la cocina; y Angel, deliberadamente o no, se había limitado a responder con monosílabos. Todavía no tenía una idea muy clara de su carácter.

Ese día Martin tenía un almuerzo de negocios y mi madre estaría ocupada con unos clientes, así que decidí ocuparme en la mesa de la cocina con la elaboración de un plan de comidas para la semana, algo que había oído que hacían las amas de casa como Dios manda. Tocaba ir a la tienda de alimentación. Ya había cocinado para Martin anteriormente, por supuesto, y él había asado filetes innumerables veces, pero este iba a ser el primer plato que cocinaría para él en calidad de su esposa en nuestra nueva casa. Tenía que ser elegante, pero no tanto como para que pensase que nuestra rutina culinaria iría por esos derroteros, ni tampoco tan difícil como para arriesgarme a fastidiarla. Nos habían regalado por lo menos cinco libros de cocina por nuestra boda y, en cierto modo, tenía ganas de explorar sus resultados en la mesa.

Me senté en nuestra pequeña salita familiar y puse las noticias, hojeando alguna revista durante los anuncios. A continuación, escribí algunas notas de agradecimiento más, dando cuenta así de más de la mitad de los regalos que habían llegado durante nuestra ausencia. Al llegar al final del camino privado para echar las notas en el buzón, me percaté de que los Younghood habían puesto su propio buzón. Tenía sentido, ya que compartíamos la misma dirección. Era un problema que no me había planteado antes, pero he ahí que estaba solucionado. Deshice el camino, revisando distraída las facturas, notificaciones y muestras gratuitas que me había encontrado en el buzón. Tal como habíamos decidido en las sesiones de orientación prematrimonial, yo me encargaría de pagar las facturas mensuales desde nuestra cuenta conjunta, en la cual Martin y yo ingresaríamos una cantidad predeterminada derivada de nuestros respectivos ingresos. Saqué una chequera nuevecita de dicha cuenta, pagué las facturas y firmé los cheques como *Aurora Teagarden*.

Vale, vale. Había conservado el apellido, ese ridículo y absurdo apellido que me había pesado como una cruz durante toda la vida. Llegado el momento, simplemente me resultó imposible ser otra persona. A Martin le costó digerirlo, pero yo seguía convencida de que era lo correcto y, cuando me siento así, me vuelvo bastante inflexible. Y apenas puedo expresar con palabras lo bien que me hacía sentir: tenía mi propio dinero, mis propios amigos y familiares y también mi propio apellido. Era una mujer afortunada, me dije mientras cortaba las fresas en rodajas.

Martin abrió la puerta delantera y gritó, alegre:

—¡Hola, cariño! ¡Ya he llegado!

Empecé a reírme.

De hecho, me di la vuelta frente a la pila y respondí:

—Hola, amor. ¿Cómo ha ido el día? —Igual que las madres de las comedias televisivas.

Era una mujer tan afortunada como incómoda.

CAPÍTULO 8

A la mañana siguiente tuve el impulso de acercarme a los apartamentos Peachtree, una especie de hogar independiente para los «mayores», como los había definido Neecy Dawson alegremente. Ya había estado allí para visitar a unas personas, pero había pasado mucho tiempo desde la última vez. Habían hecho algunos cambios: antes había un directorio en el amplio vestíbulo y se podía coger el ascensor para ir al piso deseado; ahora había un hombre negro de gran tamaño con un estrecho bigote sentado tras un escritorio. El directorio había desaparecido. Una cámara asomaba desde un rincón y dominaba todo el vestíbulo.

—Sufrieron algunos robos —me explicó el hombre cuando le pregunté por el cambio—. Algunos venían, buscaban un nombre y el número de su apartamento y deambulaban por el edificio hasta encontrarlos. Les vendían revistas que los ancianos no necesitaban y consideraban que eran lo bastante seniles como para dejarse engañar e, incluso, les robaban si estaban muy débiles. Por eso estoy yo aquí ahora y, por la noche, de cinco a once, viene otro compañero. ¿A quién deseaba ver?

Algo aturdida por el nuevo escenario que me mostraban de los apartamentos Peachtree, le indiqué que venía a visitar a la señora Melba Totino.

—¿Le está esperando, señorita?

—No, es señora. —¿Cómo iba a llamarme? No dejaba de observarme con mirada cansada—. No, la señora Totino no me espera. Solo he venido a agradecerle su regalo de boda.

—¿Que ella le ha regalado algo? —Sus ojos marrones se abrieron mucho en burlona sorpresa—. Debe de ser una gran amiga.

—¿Insinúa que es algo extraordinario?

Pero, tras la pequeña broma, al parecer el hombre no estaba dispuesto a decir nada más.

—Si me da un momento, la llamaré —dijo.

Cogió el auricular del teléfono, marcó un número e informó a Melba Totino de mi presencia en el vestíbulo. Accedió a recibirme.

—Puede subir —anunció—. No suele recibir muchas visitas.

El ascensor olía como la consulta de un médico: como alcohol medicinal, desinfectante y frío acero. El guardia me comentó que contaban con un asistente sanitario residente, así como un médico a domicilio, por supuesto. En el edificio había una cafetería para los internos y una de las tiendas locales se encargaba del suministro de alimentos. Todo estaba muy limpio y el vestíbulo se veía salpicado con ancianos que al menos parecían atentos y cómodos, si no exactamente felices. No era mal lugar donde vivir si no podías hacerlo en tu propia casa.

El apartamento de la señora Totino se encontraba en la tercera planta. A tenor del espacio entre las puertas, deduje que algunos apartamentos eran más amplios que otros. El suyo era uno de los pequeños. Llamé a la puerta y esta se abrió casi antes de que pudiera apartar la mano.

No me costó mirarla directamente a los ojos, por lo que no debía de medir mucho más de metro y medio. Los tenía marrón oscuro, hundidos bajo arrugas pobladas por las manchas de la edad. Tenía una amplia nariz, en contraste con la pequeña boca que se cobijaba debajo. Su tenue pelo blanco se escapaba de un pequeño moño prendido en la parte posterior de su cráneo. Llevaba gafas, lo cual me sorprendió. Cubría su ridículamente alegre vestido de rayas amarillas y naranjas con un jersey gris y el olor que se escapaba olía fuertemente a aire acondicionado, polvos de talco y cocina.

—¿Sí? —Su voz era profunda y agradable, no temblorosa, como había esperado.

—Me llamo Aurora Teagarden, señora Totino.

—Eso me dijo Duncan. ¿Qué clase de nombre es Duncan para un negro? —Dio un paso atrás para invitarme a pasar—. Se lo he preguntado, no te creas —prosiguió, muy divertida ante tal atrevimiento—. Le dije: «Nunca había conocido a un negro con ese nombre», y él respondió: «¿Cómo cree que debería llamarme entonces, señora Totino? ¿LeRoy?». ¡Este Duncan! No podía parar de reírme.

Menudo elemento estaba hecha la señora Totino. Seguro que Duncan había pensado lo mismo.

—Siéntate, siéntate.

Observé a mi alrededor, nerviosa. Había asientos de sobra, pero tenían tantas cosas encima que no estaba segura de si podría hacerlo realmente. Había un sillón a juego con el sofá que saltaba, atrevido, a la vista con sus tonos naranja, marrón y crema. Sobre la mesa, entre el sofá y el sillón, había una guía televisiva, la lámpara más horrible del universo y un plato de cristal rojo y blanco con caramelos duros, un par de gafas, una caja de pañuelos y una figurita muy tierna de una niña pequeña de grandes ojos acariciando un dulce cachorro con una inscripción debajo: «Mi mejor amigo». Finalmente decidí que uno de los huecos del sofá estaba libre y tomé asiento con cautela.

—El complejo de apartamentos está muy bien —concedí.

—Oh, sí, ¡y la nueva seguridad ha cambiado esto como de la noche al día! ¿Te apetece una taza de café? Me temo que solo tengo instantáneo descafeinado.

Entonces ¿para qué tomarlo siquiera?

—No, gracias.

—¿O una Coca-Cola? Creo que me quedan en la nevera.

—Eso sí, gracias.

Caminaba inclinada hacia delante y a tropezones. En la atestada pequeña estancia había dos puertas. La de detrás a la izquierda conducía a la cocina y la de la derecha al dormitorio. Oí ruidos en la cocina, como de quien anda a tientas y farfulla, y aproveché la oportunidad para mirar a mi alrededor.

Las paredes estaban cubiertas de adornos de todo tipo: mariposas doradas en grupos de tres, una pintura bastante bonita de un florero, dos horribles estampas de niños angelicales desbordando dulzura con unos animales, un cesto de mimbre con flores secas y un aspecto muy polvoriento, una placa con la oración de la serenidad… Empezaba a sentirme mareada por la multitud de objetos que reclamaban una inspección más minuciosa. Pensé en todo el espacio libre de nuestra casa y sentí una punzada de culpabilidad.

Entonces la televisión captó mi atención. Había estado encendida todo el tiempo, pero no me había fijado en las imágenes. Me di cuenta de que la escena que estaba viendo se correspondía con el vestíbulo del edificio. Un anciano se desplazaba lentamente por la pantalla con su andador en ese preciso momento. Dios santo. Me preguntaba si habría más residentes aficionados a ver la vida que discurría en su vestíbulo.

La señora Totino regresó al salón, dando tumbos, con un vaso de Coca-Cola con hielo aferrado a su mano temblorosa. El hielo daba golpecitos contra el vaso a un ritmo lo bastante acelerado como para crispar los nervios.

—¿Te gustaron los salvamanteles? —preguntó la señora Totino de repente y en voz bien alta.

Conseguimos salvar la transferencia del vaso de Coca-Cola de su mano a la mía.

—Nunca había visto unos iguales —dije sinceramente.

—Bueno, sé que no te ofenderá que te diga que eran regalos de boda para T. C. y Hope. Han estado empaquetados en el armario durante no sé cuántos años y me dije: «¿Por qué no dejar que los disfrute alguien?». Y están sin estrenar ¡No te iba a regalar algo usado!

—Más bien reciclado —sugerí.

—Eso, eso. ¡Ahora está de moda eso de reciclar! Los he reciclado.

Había esperado ver alguna fotografía de la familia Julius, pero entre toda esa parafernalia solo había dos fotos, colocadas en un marco doble que mantenía un precario equilibrio sobre el televisor. Ambas eran muy antiguas. Una representaba a una severa mujer de escasa estatura, pelo y ojos negros, de pie, rígida, junto a un hombre más alto, de pelo más claro y un rostro tímido de labios finos. La otra mostraba a dos chicas que se parecían mucho, de unos diez y doce años respectivamente, abrazadas y sonriendo fijamente a la cámara.

—Somos mi hermana y yo. Ella se llama Alicia Ma-nigault. ¿No es un nombre precioso? —dijo la señora Totino con cariño—. Siempre he odiado el mío, Mel-ba. Y la otra foto es la única que se hicieron mis padres.

—¿Su hermana aún vive cerca?

—En Nueva Orleans —indicó la señora Toti-no—. Tiene una pequeña casa en Metairie, justo al lado de Nueva Orleans. —Dio un fuerte suspiro—. Tengo entendido que Nueva Orleans es un sitio muy bonito. La envidio. Nunca quiere venir a verme. Yo voy de vez en cuando, solo para visitar la ciudad.

Me pregunté por qué no se mudaba.

—¿Tiene familia aquí, señora Totino?

—No, ninguna desde… desde la tragedia. Sabes de lo que hablo, claro.

Asentí, sintiéndome, definitivamente, algo violenta.

—Y, aun así, compraste la casa, o tu marido lo hizo por ti, según me ha comentado el señor Sewell.

—Así es, señora.

—¿No te da miedo? Otros cambiaron de opinión en el último momento.

—Es una casa preciosa.

—Pero no estará encantada, ¿verdad? No creo en esas cosas —afirmó la señora Totino con vehemencia. Busqué, con disimulo, un sitio donde dejar el vaso. El refresco tenía menos gas que un vaso de agua.

—Yo tampoco.

—Cuando ese abogado de nombre tan estúpido me llamó para decirme que alguien estaba muy interesado en la casa y concretó diciendo que era una pareja a punto de casarse, me dije que no me costaba nada mandarles un detalle. Después de tantos años, la casa volverá a estar habitada. ¿Cómo la encontraste?

Se lo conté y ella me hizo algunas preguntas a las que contesté con honestidad; pero en ningún momento mencionó el asunto que más me interesaba: la desaparición de su hija, su nieta y su yerno debieron de ser terribles, por supuesto, pero pensaba que al menos lo mencionaría, aunque fuese de pasada. Aparte de la rígida referencia a la tragedia, todo seguía bajo un estricto manto de silencio. Estaba más interesada en los cambios que habíamos hecho en el apartamento del garaje, el que habían construido para ella y que había ocupado tan poco tiempo. Luego, la conversación derivó hacia la propia casa. Que si le había dado otra mano de pintura, a lo que respondí afirmativamente. Que si había restaurado el tejado, a lo que respondí negativamente, que el agente inmobiliario había certificado que el señor Julius renovó el tejado al comprar la casa.

—¿Se vino él aquí para estar más cerca de sus allegados? —le pregunté con cuidado.

—Sus allegados —dijo sorbiendo aire por la nariz—. Su tía Essie nunca tuvo hijos, así que cuando se retiró del Ejército, él y Charity se mudaron aquí para estar cerca de ella. Él había ahorrado toda su vida para abrir su propio negocio, ampliando casas, realizando trabajos de carpintería, tareas que siempre le habían hecho ilusión. Podría haber ido donde hubiese querido, pero escogió este sitio —dijo con tono fúnebre.

—¿Y le pidió que se fuese a vivir con ellos?

—Sí —admitió—. ¿Quieres más Coca-Cola? Queda media lata en la cocina. ¿No? Pues sí, pensaron cómo añadir el apartamento sobre el garaje, no querían que viviese en la casa con ellos. Así que me mudé de Nueva Orleans (donde había estado compartiendo un piso con mi hermana) para venirme aquí. —Meneó la cabeza—. Y luego pasó todo eso.

—Bueno —dije, a punto de meter las narices donde no me llamaban, pero incapaz de contenerme—, ¿y por qué se quedó?

—¿Por qué? —repitió con la mirada perdida.

—Cuando desaparecieron. ¿Por qué se quedó?

—Oh —respondió al comprender la pregunta—. Ya entiendo. Me quedé por si aparecían.

—¿No crees que es un poco escalofriante, Martin? —le pregunté esa noche mientras él tiraba las sobras y yo lavaba los platos.

—¿Escalofriante? Puede que sentimental. Es evidente que no van a dar señales de vida después de tantos años.

Recordé las edulcoradas estampas del apartamento, la figurita. Todo era muy sentimental.

—Puede ser —concedí, aunque reacia—. ¿Has visto que Angel y yo hemos reordenado el salón? —pregunté al cabo de un momento. Escurrí el estropajo y tiré del tapón. El agua fue saliendo del desagüe con un sonoro gorjeo, como si se la estuviese bebiendo un dragón.

—Está muy bien, pero creo que la mesa de pasillo que dejó Jane necesita un trabajillo. Una de las patas está suelta.

—Yo creo que sería mejor que me hablases de los Younghood, Martin.

—Ya te lo dije, Shelby necesitaba un empleo...

Reuní todo mi valor.

—No, Martin, dime la verdad.

Estaba dejando el paño de cocina en un colgador junto a la pila. Lo había comprendido perfectamente.

—Me empezaba a preguntar cuándo saldría el tema —dijo finalmente.

—Yo me preguntaba cuándo me lo dirías.

Se giró para mirarme y se apoyó en la encimera. Yo hice lo propio en el ángulo que describía a la derecha. Se cruzó de brazos. ¿Qué habría opinado un experto en lenguaje corporal?

—¿Son los Younghood mis carceleros? ¿Están aquí para vigilarme? —Pensé que sería bueno abrir fuego con la pregunta más obvia.

Martin tragó saliva. El corazón me latía como si hubiese estado corriendo.

—Conocí a Shelby en Vietnam —comenzó—. Me ayudó a pasar por ello.

Asentí para mostrarle que seguía esperando una explicación.

—Tras la guerra... tras nuestra participación en la guerra, conocí a unos tipos de inteligencia destinados allí. Yo ya hablaba un poco de español, como Shelby. En nuestra unidad había unos hispanos con los que practicábamos el idioma y mejoramos notablemente. Había que aprovechar la oportunidad.

Los nudillos de Martin estaban blancos de lo apretadas que tenía las manos cruzadas.

—Después de Nam, dejamos el Ejército, pero nos alistamos en otra compañía que estaba muy cerca del Gobierno.

—¿Os lo pidieron?

—Sí. —Sus ojos se encontraron con los míos por primera vez, marrones pálido, enmarcados por unas pestañas negras y marrones que constituían el rasgo más inmediatamente llamativo de Martin—. Nos lo pidieron. Y con nosotros trabajaba un tal Jimmy Dell Dunn, un chico de los pantanos de Florida que se había criado con unos cubanos en el exilio. Su español era incluso mejor que el nuestro. —Martin esbozó una media sonrisa y meneó la cabeza, impulsado por algún recuerdo de un tiempo y lugar que se escapaban a mi imaginación.

—Nos dedicábamos —prosiguió— a vender armas. La verdad es que casi las regalábamos; pero teníamos que parecer una empresa independiente. ¿Qué puedo decir, Roe? Pensé, al menos al principio, que estaba haciendo algo bueno por mi país. Jamás saqué un provecho personal. Pero cada vez se hizo más difícil saber quiénes eran los buenos. —Giró la cabeza, perdiendo la mirada en la noche—. Me pregunté si los Younghood podrían ver nuestra cocina a través de su ventana lateral. Fui incapaz de moverme para correr la cortina.

Además, Martin estaba disfrutando de su particular panorama de oscuridad.

Armas. Mejor armas que drogas, ¿no? Con tanto viaje suyo a Sudamérica albergaba el temor de que su lado más pirata le hubiese arrastrado al peligroso negocio del tráfico de drogas, a pesar de que él siempre había expresado su hondo desprecio tanto por quienes las consumen como por los que las venden. Sí, mejor las armas.

—Las entregábamos en sitios muy remotos a grupos de derechas. Algunos estaban bien, pero otros eran unos locos. Eran todos muy duros. Algunos simplemente bandidos.

Me quité las gafas y me masajeé los ojos con la mano. Me dolía la cabeza. Me las volví a colocar y las empujé sobre la nariz mientras me saltaba una idea en la cabeza. Miré más allá del brazo de Martin. Tenía que hacerme con un frasco de limpiador y frotar esa pila como era debido.

—Y, un día, cerca de la media mañana, nos encontrábamos en las montañas Chama… Una entrega para uno de los mejores tipos. De repente caímos en la emboscada de otro grupo que sabía de la operación. Así es como me hice la cicatriz del hombro. Shelby sufrió una herida peor en la pierna. Y Jimmy Dell no se enteró de que le volaron la cabeza.

Cogí aire rápidamente. Me había casado con un hombre que había presenciado actos de barbarie, horror, y además había formado parte de ello. Empecé a temblar. Quería que la historia se terminase.

—Shelby y yo salimos de allí por los pelos. Tuvimos que dejar a Jimmy Dell, y era nuestro piloto. Shelby sabía lo justo como para sacarnos de allí en el helicóptero, a pesar de estar sangrando como un cerdo en plena matanza. Luego nos llevó un tiempo curarnos. Nos dijeron que el grupo al que llevábamos las armas había muerto antes de nuestra llegada. Cuando regresamos a Estados Unidos, Shelby fue a ver a la familia de Jimmy Dell en Florida. Jimmy era el hijo mayor con diferencia y había dejado a cinco hermanos. La más joven era Angel. Por aquel entonces, Shelby pensó que era demasiado joven, y el señor Dunn seguramente fuese de la misma opinión. Así que Shelby esperó durante un tiempo.

Y Martin decidió quedarse en esa aislada granja de Ohio, con un hombre al que odiaba, tan solo para recuperarse en un lugar que le resultase familiar. Y durante su estancia recuperó la relación con Cindy y se casó con ella. Y nunca se lo dijo o, al menos, nunca le dijo todo. Por ridículo que pareciera, era incapaz de dejar de temblar.

—Pasados unos años, Shelby regresó a Florida. Angel se había interesado en las artes marciales en el instituto después de que le pasara algo, y eso interesó a Shelby también. Se casaron y empezaron a trabajar como guardaespaldas.

Madre mía. Me preguntaba para quién trabajarían en el sur de Florida.

—Pero no querían trabajar para cierto tipo de personas. —Mi expresión debía de haberme delatado—. Más adelante trabajaron en los estudios cinematográficos más pequeños de la costa este, protegiendo a personas que estuviesen allí de paso. Algunos eran bastante famosos. —Martin intentó esbozar una sonrisa—. También hicieron de especialistas en algunas películas de artes marciales. Su último empleo fue para una mujer que le dijo a Shelby que debía mucho dinero a la gente equivocada.

Martin me miró directamente.

—No lo debía, Roe. Lo había robado y sus propietarios la encontraron. Dejaron vivir a los Younghood, pero a cambio de la paliza de sus vidas. Angel aún estaba hospitalizada cuando Shelby vino aquí a buscarme. En su oficio no hay seguro que los cubra, estaban arruinados y necesitaban dejar la zona por un tiempo. A mí, por mi parte, me preocupaba que te quedases aquí sola mientras me ausentase de la ciudad, y con el apartamento vacío. Estás temblando.

Se me acercó en dos pasos, esperó un momento por si le daba una bofetada si me tocaba y luego me rodeó con sus brazos. Sentí cómo sus densos músculos me envolvían y me cruzó por la mente el pensamiento de que la buena forma física que yo había atribuido a un inocente deseo de estar sano obedecía realmente a la necesidad de estar listo para la defensa personal. Reposé la cabeza contra su ancho pecho y permití que parte de los temblores fuesen absorbidos por el contacto físico.

—Bueno —le dijo a mi coronilla, casi en un susurro—, ¿qué va a pasar ahora?

—Voy a coger el limpiador y a frotar esa pila.

Martin me separó de él sin soltarme los brazos. Estaba enfadado.

—Estaré trabajando en la salita hasta que te apetezca hablar.

Abandonó la cocina por la puerta del pasillo haciendo pequeños ruidos con los zapatos mientras lo cruzaba decididamente.

Me hice con un bote de limpiador y un estropajo bien áspero y me puse manos a la obra. Se me pasó por la cabeza una conversación que mantuve con mi madre. Hablamos del amor, y ella me dijo que las mujeres que permanecen con hombres que les hacen daño necesitan realmente que les hagan ese daño; no pueden querer a su agresor, esa no puede ser la razón por la que siguen adelante. Una mujer con un fuerte sentido de autoconservación abandonará la relación nociva para salvarse; la autoconservación matará al amor para que el individuo se salve y no sufra más daño. Mi madre se había citado a sí misma: cuando mi padre le empezó a ser infiel, ella se fue y dejó de quererlo. Así de fácil.

Yo amaba a Martin tanto que se me cortaba el aliento en ocasiones. No me había contado toda la verdad. Pero iba a quedarme. No sabía en qué estaría pensando, allí, sentado en la nueva salita de nuestra nueva casa.

Enjuagué el producto de limpieza de la pila. Estaba reluciente. Creo que nunca había sido tan limpia en toda mi vida.

Me sentía incapaz de hilar dos pensamientos coherentes seguidos. Era un enorme alivio saber que no tenía nada que ver con las drogas. En ese caso sí que tendría que haberlo dejado. Lo de las armas tampoco era bueno. ¿Podría vivir con ello? Sí, lo haría, y, en todo caso, ¿por qué una persona como Martin iba a enamorarse de alguien como yo? Era como juntar a un marciano con una venusiana. Me incliné, apoyándome en los brazos, llevándome las manos a la cara, y empecé a llorar.

Martin me oyó y se acercó. Odiaba cuando me ponía así. Me dio la vuelta y me abrazó, y esta vez lo apreté con fuerza, como si quisiese colarme bajo su piel. Al cabo de un instante, aquello surtió el inevitable efecto, incluso en aquellas circunstancias emocionales. Martin se removió, inquieto, y yo mantuve los brazos aferrados a él y alcé la cara para mirarlo.

CAPÍTULO 9

Martin todavía me miraba con preocupación, aunque aparentemente aliviado porque yo estuviera asimilando sus revelaciones, antes de irse a trabajar a la mañana siguiente.

Lo observé alejarse hasta el garaje. La ventana estaba abierta para dejar entrar el aire fresco de la mañana, así que no me costó oírle decir a Madeleine con voz firme que se bajase del capó de su Mercedes. Martin apreciaba tanto su coche que no estaba dispuesto a dejarlo aparcado en el aeropuerto cuando tenía que viajar en avión, sino que recurría a uno de los de la empresa. Vamos, que la gata vivía peligrosamente. Madeleine se paseó con insolencia fuera del garaje mientras Martin daba marcha atrás, giraba y desaparecía por el sendero de grava. Salí con la bolsa de comida para gatos y rellené el cuenco. Ella me recompensó con un ronroneo de trámite. Me senté en las escaleras enfundada en mi bata y la observé mientras comía.

Cumplí con el resto de mis pequeños rituales matutinos con el mismo aire entumecido. Me acababa de enfrentar a una situación tan extraña que me llevaría un poco de tiempo asumirla.

Me dio por pensar en los hombres con los que algunas de mis compañeras de clase se habían casado: el dueño de una ferretería, un vendedor de seguros, un granjero, un abogado. Mis amigas habían encontrado a mi novio policía de lo más exótico. Los policías estaban demasiado cerca del lado más oscuro de la vida, esa parte que no vemos porque nos resistimos a levantar las piedras del suelo.

Por la razón que sea.

Desde las ventanas de nuestro bonito dormitorio triple, que daban al jardín delantero, más allá de la carretera, en los campos, espié a Angel Younghood en su carrera matutina. Esta vez vestía de color dorado. Antes había hecho sus estiramientos, en lo que constituía una impresionante vista de por sí, y luego había salido a correr. La vi trotar bajando por el camino privado hasta salir a la carretera, sus largas piernas marcando el ritmo y la coleta rebotando en la misma cadencia. Angel era una mujer enérgica. No tardaría en aburrirse.

Tenía una idea.

Vigilé hasta que regresó y, cuando supuse que se había duchado y cambiado, la llamé. Encontré su número apuntado en un bloc junto al teléfono, sobre el escritorio de Martin, cuando redacté la lista de los recados el día anterior.

—Angel —dije cuando cogió la llamada—, ¿te importaría pasarte por aquí cuando hayas terminado de hacer tus cosas? Tengo un plan.

Esa mañana entendí la belleza de la idea de tener una empleada en casa. Angel y yo no nos conocíamos, no teníamos en común lazos de amistad, familia o comunidad; sin embargo, ella se comprometió a ayudarme para conseguir mi objetivo.

Y como Angel era una empleada, tenía que ayudarme sin rechistar. Vino a casa vestida con unos vaqueros, una camiseta y zapatillas, proyectando un aspecto de saludable granjera capaz de arrastrar balas de heno hasta el desván con las manos desnudas. Yo me había recogido el pelo para que no me entorpeciera. Me había agenciado un metro retráctil de metal, un bloc con lapicero y un ejemplar del periódico con el artículo más exhaustivo acerca de la desaparición de la familia Julius. Lo había tenido guardado en una carpeta durante años, ya que tenía pensado hacer algún día una presentación en el club Real Murders.

Mi intención, claro estaba, era encontrar a la familia Julius.

Pasé el artículo a Angel y aguardé a que lo leyera.

La policía prosigue con la búsqueda de la familia de T. C. Julius, cuya desaparición denunció ayer la señora Melba Totino, madre de la señora Julius.

La señora Totino llamó a la policía tras recorrer la casa familiar la mañana del sábado, desde el apartamento adyacente que ella misma ocupa, sin dar con nadie. Al cabo de varias horas de espera, y tras descubrir que el coche y la camioneta de la familia seguían en el garaje, la señora Totino informó de su desaparición.

Los desaparecidos son T. C. Julius, un sargento del ejército retirado que quería abrir un negocio en la localidad; su esposa Hope y su hija Charity, de quince años. Julius mide uno ochenta, pesa ochenta y cinco kilos, tiene cuarenta y seis años, el pelo marrón grisáceo y los ojos azules. Hope Julius tiene el pelo marrón oscuro, los ojos azules, mide uno sesenta y tres y pesa cuarenta y cinco kilos. Tiene cuarenta y dos años y sufre de cáncer. Charity Julius, que acaba de empezar a cursar estudios en el instituto de Lawrenceton, tiene los ojos azules y el pelo a la altura del hombro. Mide aproximadamente uno sesenta y tres y pesa cincuenta y cuatro kilos.

Los Julius se mudaron a Lawrenceton hace cuatro meses para vivir cerca de la única familiar superviviente, su tía Essie Nyland. La señora Nyland, según sus amistades, ha quedado psicológicamente afectada por las desapariciones. «Estaba tan contenta porque T. C. se hubiese mudado aquí, dada su frágil salud», dijo una vecina, la señora Lyndower Dawson. «Me temo que esto acabará con ella».

Según indicó la señora Totino a las autoridades locales, el día previo a la desaparición fue de lo más normal. Explicó que se pasó la mayor parte de la jornada en su apartamento, dispuesta a almorzar con el resto de la familia, como era habitual. Dijo que Harley Dimmoch, un amigo de Charity Julius de su anterior domicilio en Columbia, Carolina del Sur, visitó a la familia. Se fue antes del anochecer tras pasarse el día ayudando al señor Julius en algunas tareas domésticas.

A última hora de la tarde, el constructor local, Parnell Engle, acudió al domicilio para verter el hormigón del nuevo patio que T. C. Julius había planificado en la parte trasera de la casa. Vio a Hope y Charity Julius y habló con ellas. Ambas aparentaban normalidad en ese momento.

El detective Jack Burns asegura que su departamento está «agotando todas las vías de investigación con el máximo rigor».

«No parece que se fueran voluntariamente, ya que los coches familiares siguen en el garaje», comentó. «Por otra parte, no hay ninguna señal de violencia y sus pertenencias siguen en su sitio».

El detective ha conminado a todos los residentes que tengan información acerca del paradero *de la familia Julius que llamen a la comisaría inmediatamente.*

Unas fotos acompañaban el artículo: una panorámica de la casa y un retrato de estudio de la familia. T. C. Julius era un hombre robusto con una agresiva sonrisa y una cara cuadrada. Su mujer, Hope, parecía delgada, frágil y enfermiza, encogida al mismo volumen y aspecto que su hija adolescente. Charity Julius llevaba el pelo, que se le ondulaba limpiamente hacia el interior, a la altura de los hombros y un rostro ovalado, como el de su madre. No era una chica guapa, pero sí atractiva, y su compostura era como la de una chica acostumbrada a ser una fuerza a tener en cuenta.

—Es esta casa —comentó Angel, estudiando la imagen. Comprobó la fecha de la parte superior del artículo—. Es de hace más de seis años.

—¿Dónde crees que están? —pregunté.

—Creo que están muertos —respondió sin titubear—. Él acababa de mudarse aquí. Iba a abrir un nuevo negocio. No se dice nada de que el matrimonio tuviera problemas, ni de que la hija los tuviera con la ley. Acababa de construir un apartamento para la suegra, así que, como poco, debía de tolerarla. No hay ninguna razón aparente para que se fugase, y menos aún llevándose consigo a la mujer y a la hija.

—Yo creo que siguen por aquí. El coche no se había movido.

—Pero el asesino podría habérselos llevado en su propio coche —objetó Angel razonablemente—. ¿Y si el tal Dimmoch se los llevó y los tiró en alguna parte de camino a su casa?

—Entonces, ¿por qué no apareció ningún cuerpo?

—Todavía. Tampoco se ha encontrado el de Hoffa, ¿no?

No permitiría que me desanimase.

—Sigo pensando que, con el coche intacto y que no los hayan encontrado en ninguna otra parte, son muchas las probabilidades de que sigan por aquí.

—Entonces, ¿qué quieres que hagamos?

—Quiero que midamos cada pared, suelo y todo lo que se nos ocurra.

—¿No crees que la policía ya lo habrá hecho?

—No sé lo que harían y tampoco creo que pueda averiguarlo, pero lo intentaré. Esto no es más que el primer paso.

—El primer paso, ¿eh? —Lo meditó por un momento y se encogió de hombros—. ¿Por dónde empezamos?

—Por el apartamento, me temo.

—Pero la suegra Totino dijo que estuvo en el apartamento durante todo el día. O al menos la mayor parte —rectificó Angel, comprobando la información.

—Pues así empezamos por lo menos probable para descartarlo —justifiqué.

Angel me observó con una mirada pensativa.

—De acuerdo —dijo, y reunimos la parafernalia para ponernos manos a la obra.

Una hora y media más tarde tuvimos que parar por la llegada de Susu Hunter, mi amiga de toda la vida.

—¡Roe! —llamó a gritos desde el porche delantero—. ¡Sé que estás en alguna parte!

Angel y yo salimos del polvoriento y cálido cobertizo de las herramientas, lleno de telarañas, detrás del garaje. Se encontraba en una zona que había pasado por alto durante la reforma de la casa. Saltaba a la vista que la intención del señor Julius había sido la de utilizarlo a menudo: las paredes estaban recubiertas con tableros de clavijas aún intactas y el banco de trabajo, con una potente luz fluorescente, aún se encontraba en buen estado. Al parecer, también había alterado las puertas: eran más anchas de lo normal y completamente abatibles. Ahora contenía algunas cajas con herramientas que, aparentemente, Martin no había abierto desde su traslado a Chicago y su estancia en un piso en vez de una casa. Las cajas descansaban junto a un cortador de césped cuyo *pedigrí* era incapaz de discernir; puede que hubiese sido de Jane Engle. Un surtido de rastrillos, azadones, palas, una maza y un hacha completaban nuestro repertorio de herramientas. Todo proyectaba un aire de lo más lúgubre.

Así pues, como decía, cuando Angel y yo salimos de allí, estábamos hechas un desastre.

—Pero ¡cómo te has puesto, Roe! —exclamó Susu, asombrada—. ¿Qué demonios has estado haciendo?

—Arreglar el garaje —dije con relativa sinceridad. Habíamos aprovechado para ordenar un poco, ya que estábamos allí—. Susu, te presento a Angel Younghood, una nueva vecina de Lawrenceton.

—¡Es un placer tenerte con nosotros! —dijo Susu con mucho afecto—. Espero que te guste nuestra pequeña ciudad. Y si todavía no has elegido iglesia, estaremos encantados de acogerte en los Baptistas de Calgary.

Me hubiese encantado tener una cámara en el bolsillo. La cara de Angel era todo un poema. Pero, a pesar de la dura vida que había tenido que soportar en los últimos años, Angel Dunn Younghood era una auténtica hija del sur. Se recompuso.

—Gracias. Lo que hemos visto hasta el momento nos ha encantado. Y muchas gracias por invitarnos a tu Iglesia, pero ahora mismo Shelby está muy interesado en el budismo.

Me volví a Susu con un placer anticipado.

—¡Qué fascinante! —exclamó con todas las sílabas—. Si alguna vez tenéis algún primer miércoles de mes libre al mediodía, nos gustaría invitaros a hablar en nuestro almuerzo de bienvenida.

—Oh. Muchas gracias. Ahora tienes que disculparme, pero estoy esperando a Shelby, que llegará a casa dentro de media hora aproximadamente. —Y

Angel se retiró cordialmente, subiendo al trote las escaleras de su apartamento. Sentí alivio al ver una pequeña sonrisa (o al menos una no malévola) en sus finos labios mientras cerraba la puerta tras de sí.

—Qué mujer más interesante —me dijo Susu con una evidente falta de énfasis.

—Y tanto —comulgué sinceramente.

—¿Cómo ha acabado viviendo en el apartamento de tu garaje?

Nos encaminamos hacia la casa. Susu estaba muy guapa y con unos cuantos kilos de más con respecto al año anterior.

Acababa de teñirse el pelo en un provocativo rubio y llevaba puestos unos pantalones holgados azul marino con lunares y una blusa blanca.

—Oh, su marido es amigo de Martin.

—¿Es mayor que ella?

—Un poco.

—Sin hijos, ¿me equivoco?

—No te equivocas…

—Porque no quiero ni imaginar el tamaño del bebé que podrían tener.

Me reí y nos pusimos a hablar de los «bebés» de Susu: el pequeño Jim y Bethany. Bethany estaba muy ilusionada aprendiendo a bailar claqué, mientras que el pequeño Jim, el pequeño por un par de años, ya había ganado su cinturón marrón en taekwondo.

—¿Y Jimmy? —pregunté como de casualidad—. ¿Cómo le va?

—Estamos yendo a terapia familiar —comentó Susu con la determinación de quien ha decidido no sentirse avergonzada— y, aunque aún es pronto para hablar, Roe, creo sinceramente que vamos a mejor. Simplemente nos pasamos demasiado tiempo ignorando nuestros mutuos sentimientos, contentándonos con mantener la fachada para que la gente que nos rodease pensase que todo iba bien. Deberíamos habernos preocupado más bien por cómo estaban las cosas entre nosotros en el fondo.

Aquel era todo un discurso en boca de Susu Saxby Hunter. Le apreté los hombros.

—Me alegro por ti —dije de corazón—. Estoy segura de que, si lo intentáis, lo conseguiréis.

Susu me respondió con una frágil sonrisa y luego retomó la conversación bruscamente:

—¡Venga! ¡Enséñame tu casa de los sueños!

La casa de los sueños de Susu era la que sus padres le habían dejado, la misma que sus abuelos habían construido. Ninguna casa podría jamás equipararse a sus ojos, ¡y no dudaba en tildar las nuevas viviendas de nuestras amigas como «casas, y no hogares!». Sin embargo, esta le pareció un hogar también.

—¿No te pone los pelos de punta? —me preguntó con la franqueza de las viejas amigas.

—No —repuse, sorprendida por la pregunta. Viejas amigas o no, muchas personas ya me habían formulado la misma cuestión de una u otra manera—. Es una casa muy tranquila… pasase lo que pasase.

—Apuesto a que más de una vez te preguntas qué fue de ellos.

—No te falta razón, Susu. Me lo pregunto. Me lo pregunto en todo momento.

Susu exhibió un estremecimiento dramático.

—Me alegro de que sea tuya y no mía —dijo—. ¿Puedo fumar?

—No, dentro no. Mejor nos sentamos en el porche. Tengo un cenicero allí.

Ahora había un balancín enganchado al techo del porche, así como unas bonitas sillas de exterior dispuestas en círculo, integradas con el balancín. Había dos o tres mesitas y encontré el cenicero para Susu.

Mientras charlábamos de nuestras cosas, Shelby llegó por el sendero de acceso y nos saludó con la mano al salir del coche. Le devolvimos el saludo y corrió escaleras arriba para reunirse con su Angel.

—Caramba, qué grande es —comentó Susu—. No es muy guapo, ¿no?

—Yo creo que sí —dije, sorprendiéndome a mí misma.

—Y lo dice la chica que se ha casado con el buenorro del año.

—Shelby es atractivo —defendí con firmeza—. Puede que esté casada, pero no soy ciega.

—¡Todas esas cicatrices de acné!

—Le dan aspecto de haber vivido.

—¿Martin viene a almorzar?

—No, que yo sepa. Sigue recuperando el tiempo que pasamos fuera.

—Jimmy tiene jornada completa. Vamos a la cocina a picar algo.

Comimos unos sándwiches de jamón, uvas y patatas de bolsa y hablamos de mi luna de miel y el último almuerzo de feligresas. Mi vieja amiga, Neecy Dawson, había planteado objeciones teológicas a la oradora invitada en términos muy vehementes, causando el revuelo de las asistentes y que no pocas de ellas expresasen su opinión de que ya era hora de que Neecy se viera cara a cara con Dios.

—Era amiga de Essie Nyland, ¿no? —pregunté sobre la marcha.

—¿Neecy? Sí. Essie también era buena amiga de mi madre, y creo que la sobrevivió por unos veinte años. La señora Essie murió, ¿cuándo? ¿Hace seis años? Neecy sigue fuerte. Sigue conociendo a todo el mundo en esta ciudad, lo que han hecho y cuándo lo han hecho.

De repente se me ocurrió que podría mantener una provechosa conversación con la señora Neecy. Fue ella quien me habló de las disputas entre los Zinsner cuando construyeron la casa. Fue esa conversación la que me dio la idea de que podría haber varios escondites donde quizá estuviesen los cuerpos de la familia Julius. Aquella fue la razón del primer registro que estaba llevando a cabo con Angel.

—¿Recuerdas cuándo desapareció la familia Julius? —pregunté. Recogí el plato vacío de Susu y el mío y los llevé a la pila, admirando la nueva vajilla, como hacía cada vez que la tenía delante. Tonos terrosos con patrones del suroeste. ¿Por qué demonios una georgiana como yo se sentía impelida a tener platos tan ajenos a ella como los del suroeste?

—Sí — respondió Susu—. Acababa de tener al pequeño Jimmy. Tú trabajabas en la biblioteca. Creo que solo llevabas allí un año, ¿verdad?

—Sí. Ya hace más de seis años de aquello. —Meneamos la cabeza al unísono ante la inexorable marcha del tiempo.

Susu se llevó la mirada al reloj y lanzó un gritito de sobresalto.

—¡Uy! ¡Roe! ¡Tenía que recoger a la señora Newman de la peluquería hace diez minutos! ¡Lo siento, pero tengo que irme corriendo! Me autoinvito y te dejo con los platos sucios —dijo lamentándose y sacando deprisa las llaves del coche del bolso mientras se dirigía a la puerta.

Metí los platos sin ceremonias en el lavavajillas, puse a marinar el cerdo de la cena en miel, salsa de soja y ajo, y me senté para elaborar una de esas listas que supuestamente me hacían mucho más eficiente.

1. *Terminar de medir la casa.*
2. *Hablar con la señora Neecy acerca de Essie Nyland y los Zinsner ¿Dónde está el armario cerrado con tablas?*

3. *¿Posibilidad de encontrar al novio, Harley Dimmoch?*
4. *Ver si Parnell Engle recuerda algo del día que vertió el hormigón.*
5. *Preguntar a Lynn y Arthur si pueden acceder al archivo de la desaparición de los Julius o si me pueden contar los detalles.*
6. *Ver si puedo sacar algo del abogado de la señora Totino, Bubba Sewell (que curiosamente fue también mío y es marido de mi amiga Lizanne, de soltera Buckley).*

Estaba satisfecha. Parecía que con aquello podría mantenerme ocupada un tiempo. En ese momento mi ocupación era lo que yo quería. Quizá, mientras trabajaba en la desaparición de los Julius, el problema de la vida secreta de mi marido se resolvería solo.

Sí, claro.

CAPÍTULO 10

—Sally —dije en voz baja al teléfono del escritorio de Martin—. Me gustaría almorzar contigo en mi casa o en la tuya un día de estos, ¿de acuerdo? Necesito hacerte unas preguntas. Tú cubriste la desaparición de los Julius, ¿verdad? ¿Conservas documentación al respecto o las notas que tomaste entonces? —Sally, coanfitriona en mi fiesta de despedida, había trabajado en el *Lawrenceton Sentinel* durante al menos quince años.

—No conservo mis notas de las bodas de plata de nadie o de la competición de escupido de pepitas de sandía, pero sí las de los crímenes más importantes.

Parecía un poco irritada.

—¡Vale, vale! —me apresuré a decir—. Lo siento. ¡Es que no sé cómo hacéis las cosas los periodistas!

—Sí, tengo la carpeta justo aquí —dijo, más apaciguada—. Y entiendo perfectamente por qué estás interesada. Mi pareja está en Augusta asistiendo a un seminario sobre técnicas de interrogación, así que estoy libre como un pajarillo durante dos días. ¿Qué necesitas?

—¿Qué te parece si vienes a mi casa a comer mañana a mediodía? —propuse. Sabía que Sally, al igual que todo Lawrenceton, estaba deseando ver la casa.

Colgué mientras Martin descendía por las escaleras, sudando y relajado tras su sesión con las máquinas de gimnasia. También practicaba ráquetbol en el Athletic Club, pero a veces los horarios no le iban bien. Le gustaba tener su propio equipo de ejercicio en casa.

—Estoy sudando —me advirtió. No me importó, ya que de todos modos tendría que ducharme tras mis trabajos en el garaje de esa mañana. Angel y yo habíamos terminado las mediciones por la tarde y ahora había una marca de interrogación de diez centímetros en medio del garaje, pero supuse que era allí donde la señora Zinsner pidió a su marido que ampliara la cochera para dos vehículos. No pensaba que diez centímetros fuese espacio suficiente para esconder tres cuerpos y Angel estaba de acuerdo.

Abracé a Martin, deslizando mis manos por su cintura y subiéndolas por su espalda.

—Roe —dijo, titubeante.

—¿Eh?

—¿Estás enfadada conmigo?

—Sí, pero lo estoy superando.

—Superando.

—Sí. Supongo que no me dijiste todo eso antes de que nos casásemos por si me echaba atrás a última hora. ¿Es así? ¿O acaso esperabas que nunca llegase a preguntar? ¿O quizá pensaste que estaba tan desesperada o era tan estúpida como para no darme cuenta de que había varias lagunas en tu historia?

—Bueno…

—Te daré una pista, Martin. Solo hay una respuesta correcta.

—Temía que no quisieras casarte conmigo si lo averiguabas.

—Respuesta correcta.

—Bien.

—Así que ahora tengo que decidir cómo sentirme habida cuenta de que has querido que me casase contigo, algo muy importante, sin conocer todos los hechos de tu vida. ¿He de sentirme honrada porque estuvieras tan ansioso por mantenerme cerca que no querías asumir ningún riesgo? Claro que sí. —Dibujé su columna vertebral con mi uña y sentí cómo se estremecía—. ¿Que si estoy enfadada porque me trataste como a una mujer de los cincuenta, que cuanto menos sepa, mejor? No lo dudes. —Hundí la uña en su piel y él lanzó un silencioso quejido al aire—. Martin, tienes que ser sincero conmigo. Mi autoestima… No soporto que me mientas, por mucho que te quiera.

Al día siguiente, el mismo en que Sally Allison vendría a comer, Martin y yo fuimos, a nuestra vez, invitados a cenar en casa de uno de los jefes de división de Pan-Am Agra. Este hombre, llamado Bill Anderson, era uno de los nuevos empleados contratados por el jefe de Martin y había sido enviado a Lawrenceton para evaluar y expandir el plan de seguridad de la planta. Así que se puede decir que me desperté con cierta sensación de expectación. Martin se estaba afeitando cuando pasé junto a él en el cuarto de baño en una corta parada antes de bajar a tomarme un café. Empezábamos a desarrollar nuestra propia rutina.

Le gustaba estar sentado en su escritorio cuando llegaban los demás ejecutivos de Pan-Am Agra. Y siempre estaba de punta en blanco. Toda su ropa era cara y le gustaba llevar sus camisas a la lavandería para que se las plancharan, lo cual era un sincero alivio para mí. No me molestaba en absoluto llevarlos o recogerlos. Odiaba la plancha más que ninguna otra cosa en el mundo, y Martin, que no tenía buena mano para ello, no tenía ni tiempo ni iniciativa para ello, a menos que fuese una emergencia.

Afortunadamente, a ambos nos gustaba el silencio hasta después de la primera taza de café. Él bajaba y se hacía su propio desayuno y se servía su propio café. Para entonces, yo ya había repasado la mitad del periódico, que había recogido en la entrada. Mientras él leía esa mitad, yo me acababa los artículos interiores. A Martin no le interesaban mucho los deportes de equipo, según había notado en silencio. A los deportes individuales sí les prestaba atención.

Cuando Martin terminaba el periódico y su desayuno, manteníamos una breve conversación acerca de los planes del día. Él subía y se cepillaba los dientes, yo me servía otra taza de café y me entretenía con el crucigrama del periódico.

Luego Martin bajaba, cogía su maletín, comprobaba que no quedase nada pendiente de lo que hablar conmigo, me anunciaba que pasaría en la oficina la mayor parte de la tarde, me besaba y se marchaba. Ya estaba fuera de casa a las siete y media de la mañana.

Tenía la impresión de que nuestras mañanas habían sido un éxito. Hasta el momento, al menos.

Esa mañana, Angel se presentó a las ocho y media.

—Shelby dice —empezó a decir sin preámbulos— que tenemos que averiguar si se realizó un registro aéreo, especialmente en los campos que rodean la casa.

—Hmm —respondí, anotándolo en mi lista—. Me acordaré de preguntarlo en el almuerzo. Una reportera local amiga mía vendrá a comer a casa.

—Tienes una vida social muy activa.

—¿Ah, sí?

—Siempre viene a verte gente, o sales tú, cuando no te llaman. Eso parece.

—Crecí aquí. Supongo que si aún vivieses en la ciudad donde naciste sería igual.

—Quizá —dijo Angel sin estar muy convencida—. Nunca he tenido muchos amigos. Cuando crecí nos fuimos a vivir a los pantanos. Tenía a mis hermanas y hermanos. ¿Y tú?

—Tengo un hermanastro, pero vive en California. Es mucho más joven que yo.

—Pues, aparte de algunos cubanos, solo éramos nosotros. No nos relacionábamos demasiado. Cuando era adolescente empecé a salir con chicos Pero incluso entonces me alegraba cuando volvía a casa. No se me daba bien tratar con la gente, y si no hablas y bebes quieren hacer otras cosas; cosas que yo no quería.

Nos sonreímos mutuamente por primera vez.

Entonces Angel volvió a encerrarse en su concha y supe que solo hablaba de sí misma en pequeñas dosis. Al parecer, yo ya había tenido mi ración diaria.

Salimos al claro aire primaveral para medir el exterior de la casa. Luego hicimos lo mismo con cada habitación y dibujamos un mapa muy detallado de la casa.

—Supongo que en algún momento le encontraremos la utilidad a esto —suspiré. Los cálculos denotaban que las paredes eran paredes, que no había compartimientos secretos con escalofriantes contenidos. Adiós al armario oculto.

—Oh, estoy segura —dijo Angel—. La próxima vez que alguien quiera ir al baño, solo tienes que decirle que avance un metro desde la columna de la escalera hacia el este y luego gire al norte otro medio metro.

La miré inexpresivamente durante un instante y luego estallé en una carcajada.

Quizá nuestra extraña asociación resultaría más divertida de lo que ninguna de las dos habíamos previsto.

Angel bajó la mirada a los planos.

—Había algo en el desván —dijo.

—¡Qué! ¿El qué?

—Probablemente nada, pero ya sabes que la chimenea asciende desde el salón, recorre una pared de tu dormitorio, donde tienes el hogar, y sube por el desván hasta el tejado.

—Cierto.

—Me dio la sensación de que en el desván había demasiada chimenea.

—Podrían haberlos emparedado allí —dije sin aliento.

—O no. Pero podemos echar un vistazo.

—¿A quién podemos llamar para que abra boquete?

—Qué dices, puedo hacerlo yo misma. Pero te lo tienes que pensar, Roe. ¿Y si no encontramos nada?

¿Y si destrozamos una chimenea perfectamente funcional por nada?

—Es mi chimenea. —Crucé los brazos a la altura del pecho y la miré fijamente.

—Así sea —decretó—. Pues vamos. Tú sube a mirar y yo iré al garaje a por una almádena y un par de herramientas que podría necesitar.

Bajé la trampilla de la escala que ascendía al desván y subí por ella. En el calor del pequeño espacio, el sol colándose por el ventanuco redondo de la parte posterior de la casa, me calmé. El desván aún tenía el viejo suelo de anchas y pesadas tablillas. Crujieron levemente mientras avanzaba para echar un vistazo más de cerca a la chimenea. Como era de esperar, los ladrillos presentaban un aspecto distinto a los de las plantas bajas, aunque tampoco hubiera podido asegurar que fuesen nuevos. La chimenea era más ancha.

Me sumí en el escepticismo. Estaba segura de que la policía habría reparado en una obra reciente.

Angel subió por la escala en un momento, con la almádena.

Echó un vistazo a los ladrillos. Se puso unas gafas de seguridad de plástico transparente. No le quité ojo.

—Fragmentos de ladrillo —dijo, concentrada—. Deberías irte hacia atrás, ya que no tienes gafas de seguridad.

Retrocedí tanto como pude, a una zona donde apenas podía mantenerme de pie y, siguiendo otro consejo de Angel, me di la vuelta. Oí cómo la almádena incidía en los ladrillos con golpes secos, uno y otro, y otro más, hasta que, poco a poco, el sonido fue acompañándose de ruidos de fractura y caída de fragmentos.

Angel se quedó quieta mientras yo me giraba.

Estaba observando qué había en el montón de ladrillos rotos y restos de argamasa.

—Oh, mierda —exhaló.

Sentí que la piel se me erizaba.

Avancé a tropezones hasta Angel y me quedé a su lado, mirando hacia el mismo sitio que ella.

En el montón de escombros había una pequeña figura envuelta en sábanas, ennegrecida por el humo y el hollín.

Me llevé la mano a la boca.

Permanecimos allí durante los que creí los instantes más prolongados de mi vida, contemplando el pequeño bulto.

Entonces me arrodillé y, con manos temblorosas, empecé a desenvolver las sábanas. Una diminuta cara blanca me miró.

Grité como pocas veces antes.

Creo que Angel también lo hizo, si bien más tarde lo negó vehementemente.

—Es una muñeca —dijo, arrodillándose junto a mí y agarrándome de los hombros—. Es una muñeca, Roe. Es de porcelana. —Me zarandeó, y creo que pensaba que estaba siendo suave.

Más tarde, cuando ambas nos duchamos y Angel hubo llamado a un albañil para reparar la chimenea, nos pusimos a especular sobre cómo habrían sellado el compartimiento, cómo se las habrían arreglado para dejar la muñeca dentro. Supuse que la historia del deseo de Sarah Zinsner por un armario y que su marido hubiese sellado uno por pura terquedad tenía su base, ocurriese lo que ocurriese en la chimenea. Decidimos que ella había encargado un marco extra de enladrillado para almacenar a saber qué. Quizá lo quería para el uso de la criada, que a lo mejor vivía en el desván. Pero ese último cambio fue la brizna que había roto metafóricamente el espinazo de John L. Zinsner. Había montado los estantes de mampostería y, mientras el albañil trabajaba, tal vez una de sus hijas hubiera envuelto a su «bebé» temporalmente (eso pensaría ella) en las estanterías. Ahora la tenía yo, tantos años después, y había conseguido que se nos saliese el corazón por la boca a Angel y a mí.

Por alguna razón, cuando mi madre llamó, mientras troceaba fresas para el postre, no le conté nada sobre mi aventura matutina. Se hubiera horrorizado ante mi búsqueda de la familia Julius. Además, no me apetecía relatar lo alterada que me había sentido al contemplar esa diminuta carita blanca.

Por una vez, no se percató de mi afectado estado de ánimo, algo llamativo, ya que hablábamos, en persona o por teléfono, casi todos los días. Ella era toda la familia que tenía, ya que mi padre se había ido a California con mi hermanastro. Era algo que tenía en común, me di cuenta, con la familia Julius: ellos habían estado tan separados de sus allegados sureños como yo.

—He cerrado una venta esta mañana —dijo madre. Siempre se enorgullecía de cada venta como si fuese la primera, lo cual me parecía enternecedor. Durante mi adolescencia, cuando ella empezaba a trabajar, pero antes de cosechar todos sus éxitos, sentía que cada venta debía celebrarse con una fiesta. Madre parecía tan motivada ahora como cuando se separó de mi padre y se vio en la necesidad de ganarse la vida; a mi padre nunca se le había dado bien eso de mandar la pensión de manutención.

—¿Cuál? —pregunté para mostrar un cordial interés.

—La casa Anderton —respondió—. ¿Recuerdas que te dije que la había vendido la semana pasada? Tenía miedo, hasta el último momento, de que se echasen atrás. Algún imbécil les dijo lo de Tonia Lee Greenhouse. —Tonia Lee, una agente inmobiliaria local, había sido asesinada en el dormitorio principal—. Pero ha salido adelante.

—Eso alegrará mucho a Mandy. Por cierto —la similitud de los nombres me lo había traído a la cabeza—, esta noche iremos a cenar a la casa de Bill Anderton. Les vendiste una casa, ¿verdad? ¿Cómo es su mujer?

—Es agradable, aunque no demasiado despierta, si mal no recuerdo. Están alquilados con opción a compra.

Tras despedirnos y volver yo a mi tarea junto a la pila, con prisas porque la aventura del desván me había retrasado considerablemente, intenté imaginar lo que haría mi madre en mi situación; pero eso era como intentar imaginar al papa bailando.

Sally llegó puntualmente, vestida con una ropa cara que tenía intención de llevar hasta que se le cayese a trozos. Hacía años que no pasaba de los cuarenta y dos. Era una mujer atractiva con la permanente hecha en su broncíneo cabello. No era ni gorda ni delgada, ni alta ni baja.

A lo largo de los últimos dos o tres años, Sally había estado a punto de dar el salto a un periódico más importante, pero nunca había terminado de cuajar. Se había acomodado en la función de mentora y azote de los jóvenes reporteros que venían regularmente al *Sentinel* para hacer sus prácticas.

Por primera vez, Sally me dio un abrazo ritual. Era como un reconocimiento a las grandes cosas que había hecho desde la última vez que nos habíamos visto, el hecho de que ahora era una respetable mujer casada, y no casada sin más, sino con uno de los platos más apetitosos: un gerente de planta que presuntamente tenía unos ingresos excelentes. Todo eso estaba implícito en el abrazo.

—Estás estupenda, Roe —me dijo.

No sé por qué la gente siente la necesidad de decir esas cosas a las recién casadas. ¿Acaso el sexo regular te embellece? Ya eran varios los conocidos que me habían expresado lo estupenda que estaba tras nuestro viaje de luna de miel. A lo mejor estaba relacionado con el sexo dentro del matrimonio.

—Gracias, Sally. Pasa, que te enseño la casa.

—Hace años que no vengo aquí. Al menos desde que pasó aquello. Oh, ¡quién hubiera dicho que había suelo de madera! ¡Está precioso! —Sally me siguió, exclamando adecuadamente en cada punto de interés.

Mientras depositaba el almuerzo sobre la mesa ella me habló de su hijo Perry y la maravillosa chica que había conocido en su grupo de terapia, de su marido Paul y la fragilidad de su nuevo matrimonio.

—¡Seguro que te las arreglas bien, Sally! ¡Tenías las expectativas muy altas cuando te casaste con él, y solo han pasado unos pocos meses!

—Catorce —precisó, pinchando una fresa con el tenedor.

—Oh. Bueno. ¿Crees que la terapia matrimonial sería de ayuda? Aubrey Scott es muy bueno.

—Es posible —concedió—. Lo hablaremos cuando Paul vuelva de Augusta.

—Bueno, ¿me cuentas todo lo que sepas de las desapariciones? —le pedí con amabilidad tras unos segundos de recuperación que se pasó removiendo los pepinillos en vinagre.

—¿Tienes los reportajes del *Sentinel*?

—Sí. El más importante. Lo que me interesa es lo que no publicasteis en el periódico o lo que se ha quedado en tu recuerdo. ¿Estuviste aquí entonces?

—Con otros reporteros. Aunque saqué una exclusiva. Las desapariciones estuvieron en boca de todos durante un tiempo, hasta que pasó una semana sin más novedades. Pero ser la reportera local tuvo sus ventajas.

Sally posó el tenedor y abrió su maletín. Extrajo de una carpeta de cartón unas cuantas hojas recién sacadas de la impresora.

—¿Son tus notas? Me esperaba un cuaderno de espiral con garabatos.

—Sí —dijo Sally con una sombra de sorpresa en la voz—. Siempre las paso al ordenador cuando vuelvo a la oficina. Veamos esto será como una reconstrucción. —Ojeó los papeles, organizándose, y asintió.

—Cuando la policía llegó aquí… —empezó a decir.

Hay una anciana en el camino privado. Es pequeña, canosa, a ratos parece desconcertada, a ratos gruñona. Su nombre, según dice, es Melba Totino, la madre de la señora Julius, Hope Julius. Han desaparecido todos, dice: Hope, su marido T. C. y Charity, la hija de ambos. Se desvanecieron durante la noche. Ella se ha despertado como todas las mañanas y ha ido a la casa para preparar el desayuno, como de costumbre. Esperaba encontrárselos a todos allí, incluida Charity, que había estado enferma el día anterior. Charity es estudiante de segundo año en el instituto de Lawrenceton y se acaba de matricular. Ha pasado seis duras semanas habituándose a una nueva escuela, echando de menos a su novio, pero se ha adaptado. Los dos últimos días ha tenido un poco de fiebre; pero Charity, enferma o no, no estaba en casa.

Melba Totino entra por la puerta delantera, ya que la puerta de atrás, la de la cocina, da a un suelo de hormigón recién puesto la jornada anterior para hacer un patio. No está segura de que aún se pueda pisar el suelo de hormigón, así que entra por delante. El pestillo no está echado. Las luces del interior están apagadas. No se oye nada, no se mueve nada.

La señora Totino pone un pie titubeante en la casa y llama. No quiere entrar sin avisar. Pero nadie responde. Recorre la casa, ahora nervio-sa, buscando señales de adversidad. La casa está limpia y tranquila. El reloj de cuco del salón sue-na y la anciana da un respingo.

¿Dónde está su hija? ¿Dónde está Hope? Con pánico creciente, la anciana, finalmente, gri-ta hacia las escaleras, pero nadie responde. Di-ciéndose a sí misma que está haciendo el ridí-culo y segura de que les dará una charla cuando vuelvan a casa, Melba Totino se sienta junto a la mesa de la cocina, esperando que llegue alguien. No se atreve a tocar nada. Los platos están guardados, no hay café haciéndose, nada cocinándose en el horno. Tras media hora, vuel-ve a la puerta delantera y mira en el garaje. No se había molestado en hacerlo al venir. ¿Por qué iba a hacerlo?

Y ahora, hasta donde ella ve, todo está igual. No conduce, no sabe nada de coches, pero ese es el de su hija, y la camioneta es la de su yerno, con el letrero de «Carpintería casera Julius» orgullosa-mente pintado a un lado y el número de teléfono justo debajo.

Ambos vehículos se encuentran vacíos.

Va desde la entrada del garaje, pasando las escaleras que suben a su apartamento, cruzan-do el pasillo cubierto a la casa, hasta el jardín trasero. Se alegra de llevar el jersey puesto, hace fresco. Un buitre sobrevuela trazando círculos. El jardín está vacío. Ella levanta la mirada hasta la planta superior de la casa, deseando ver algún movimiento en la ventana de Charity, pero no hay nada.

Desconcertada, intentando ocultarse el horror a sí misma, la anciana regresa lentamente a la parte delantera de la casa, esforzándose aún por mantener prístina la superficie de hormigón que los propietarios de la casa nunca volverán a ver. Finalmente, al cabo de unas horas interminables, llama a la policía.

—Parnell Engle vino esa mañana en su camioneta —explicó Sally—, y como había echado el hormigón el día anterior, naturalmente, miró al pasar por aquí. Después de ver el lugar lleno de coches de policía, hizo una parada en el periódico para ver cómo iba su anuncio clasificado. Por casualidad entró en la redacción y me dijo lo que había visto.

—Es natural —convine.

—Por supuesto, esto se produjo un par de años antes de que «se fuera con Dios» —dijo Sally—. Por suerte para mí, porque tuve ocasión de hablar con la anciana antes de que ningún periodista tuviera noticia siquiera de lo que había pasado. Al día siguiente, la mujer se había cerrado en banda. Me pregunto dónde estará ahora.

—En los apartamentos Peachtree —le dije con aire satisfecho—. Me hizo un regalo de boda. —No era muy habitual que fuese yo la que diese una noticia a Sally.

—Es raro que haya decidido quedarse aquí, sin familia. Tengo entendido que vivió en Nueva Orleans con su hermana. ¿Por qué no se habrá vuelto?

—Me dijo que aún esperaba que los Julius apareciesen.

Sally se estremeció y tomó un sorbo de té helado.

—Es macabro, lo mires por donde lo mires. Hope Julius ya debería estar muerta a estas alturas, aunque no hubiese fallecido ese día.

Arqueé las cejas. Un segundo después Sally se dio cuenta de lo que acababa de decir. Meneó la cabeza, exasperada consigo misma.

—Lo que quiero decir es que Hope Julius tenía cáncer —explicó—. De ovarios, creo, y muy avanzado. Aunque al parecer había pocas esperanzas, se había sometido a radioterapia en Atlanta. Se le había caído todo el pelo. Recuerdo que vi una peluca y un soporte vacío en su habitación cuando la policía me dejó recorrer la casa. La señora Totino dijo que no tenía inconveniente. La otra peluca, la de pelo rizado que se ponía todos los días, había desaparecido. La que quedaba era más elegante, como más arreglada. Se la ponía para ir a la iglesia y a las fiestas.

—Ohhh —dije—. Es horrible. —El falso pelo de una mujer en su habitación cuando la mujer había desaparecido.

—Y tanto —convino Sally. Pasó la página de su cuaderno de notas.

—Me pregunto qué hacía la peluca aquí. Pinta mal para la señora Julius.

—Es verdad. Ella nunca se iría sin su segunda peluca, ¿verdad? Y su presencia volvía la escena todavía más escalofriante como si los marcianos los hubiesen abducido nada más hacer la cama, antes de desayunar.

—Hicieron sus camas —repetí.

—Sí, a menos que ocurriese por la noche, antes de acostarse, pero después de que la señora Totino se fuese a acostar a su apartamento.

—¿Y a qué hora fue eso? ¿Te acuerdas?

—Sí, lo tengo por aquí. A las nueve y media, según dijo. Estaba más cansada de lo habitual por la actividad de la jornada con la visita de Dimmoch a Charity, la ayuda a T.C. y el trabajo de Parnell en el patio.

Resultaba complicado imaginar que eso pudiese agotar a la señora Totino, ya que eran los demás los que habían trabajado. Y eso le dije a Sally.

—Sí, pero su hija estaba tan enferma que ella tuvo que cocinar para todos, la cena como poco, y hacer la colada, o eso creo.

—¿Será por eso que T.C. accedió a construirle el apartamento sobre el garaje? ¿Porque Hope estaba muy enferma?

—Eso pensé yo. Nunca lo conocí. Caía bien a los pocos que sí lo hicieron, gente como Parnell Engle, igual que Hope. Yo tengo la imagen de un hombre estricto, muy honesto y directo, meticuloso en sus tratos, puntual, ordenado; por supuesto, gran parte de eso se debería a haber estado en el servicio activo durante tanto tiempo. Hasta donde yo sé, Hope no era una persona fuerte, ni emocional ni físicamente, y estoy convencida de que la enfermedad la acabó de destrozar.

—¿Y Charity?

—Charity era la típica adolescente, según los compañeros de clase que trataron con ella durante esas pocas semanas. No dejaba de hablar del novio que tuvo que dejar atrás cuando se mudó aquí. La mayoría de las chicas a las que entrevisté parecían pensar que se trataba de una excusa para hacerse la importante, pero como Dimmoch se molestaba en venir con su coche, supongo que se equivocaban. Sus notas, si no recuerdo mal, no eran muy buenas, lo que implica que no era muy lista o estaba interesada en otras cosas; no sabría por qué decantarme. Era una muchacha atractiva, todos coinciden de una forma u otra, a pesar de no ser muy fotogénica. Conseguí hablar con un par de chicos que la conocían cuando vivía en Columbia y me dijeron que era una chica fuerte, muy adulta, sobre todo desde que su madre contrajo la enfermedad.

Ofrecí a Sally otro vaso de té. Se miró la muñeca.

—No, gracias. Tengo que acudir a un pleno del ayuntamiento dentro de diez minutos.

Sally me dejó con mucho en lo que pensar mientras metía los platos en el lavavajillas. Entonces me di cuenta de que había olvidado preguntarle por el registro aéreo.

En cuanto vi que Angel se iba a hacer algunos recados personales esa tarde, hice algo peculiar.

Repasé minuciosamente los movimientos de la señora Totino de la mañana de las desapariciones. Corrijo: la mañana en que se informó de las desapariciones, como ella había dicho a Sally. Me dirigí a la puerta principal, eché un vistazo, volví a la cocina y regresé a la parte delantera. Miré en el garaje y fui al jardín trasero atravesando el pasadizo entre el garaje y la casa. Eché otro vistazo por allí y luego hacia la ventana del dormitorio de invitados, el que había sido de Charity. Entonces volví de nuevo a la puerta principal.

Menos mal que vivíamos en el campo, de modo que nadie pudiese ser testigo de mi extraño comportamiento, que no me produjo más que escalofríos por la espalda.

Llamé a Lynn Liggett Smith esa tarde. Mis conversaciones con ella siempre requerían la delicadeza de un faquir caminando sobre huevos. Por una parte, se había casado con Arthur Smith, el policía con el que había salido y que tanto me había gustado durante meses antes de que lo dejáramos y se fuese con ella (que estaba embarazada). Eso ya no me importaba tanto, pero Lynn parecía sentirse todavía algo susceptible al respecto. Por otra parte, nos habríamos caído muy bien de no ser por todo aquello, siempre estuve convencida de ello.

—¿Qué tal Lorna? —pregunté. Me imaginé a Lynn en su escritorio, en la comisaría de Lawrenceton, alta y delgada tras haber perdido todo el sobrepeso del embarazo, recuperados sus trajes a medida y elegantes blusas con suma facilidad. La había visto en la boda y, por supuesto, ella y Arthur se habían dejado al bebé en casa. Dado que había presenciado el nacimiento de Lorna, siempre me interesaron sus avances—. ¿Ya camina? —Tenía una idea muy vaga del progreso de los bebés.

—Hace meses ya —dijo Lynn—. Y ha empezado a hablar. ¡Se sabe por lo menos cuarenta palabras!

—¿Y come alimentos sólidos?

—¡Oh, sí! Deberías ver cómo Arthur le da los yogures.

Pensé que podría pasar sin saberlo.

—¿En qué puedo ayudarte, Roe?

—Me preguntaba —comencé— si no te importaría echar una mirada al expediente de la desaparición de los Julius y decirme cómo llevó la policía a cabo los registros.

Un prolongado silencio.

—¿Es todo lo que quieres saber? Preguntó Lynn con cautela.

—Sí, eso creo.

—No veo por qué no.

La línea chasqueó cuando Lynn dejó el auricular sobre la mesa y oí las conversaciones de fondo de otros detectives mientras sus pasos se alejaban.

Con el auricular torpemente atrapado entre mi cabeza y mi hombro, maté los segundos limpiando la encimera de la cocina. Intenté decidirme sobre qué ponerme para la cena de esa noche. ¿Deberíamos llevar una botella de vino? ¿Y si los Anderson eran abstemios? Mucha gente de la zona lo era.

—¿Roe?

Di un respingo. El auricular me hablaba.

—Inspeccionaron cada palmo de la casa, incluido el apartamento del garaje. No se encontró ningún rastro de sangre, ningún indicio de que alterasen el escenario. Los depósitos de los dos vehículos estaban llenos y funcionaban con normalidad, así que tampoco los inutilizaron. Revisaron las camas y los colchones. También el jardín, centímetro a centímetro. Registraron visualmente los campos circundantes. Según el expediente, Jack Burns solicitó un registro aéreo, pero la ciudad no tenía fondos suficientes.

—Ay, Dios. ¿Y como no había dinero no se hizo?

—Así es.

—Está mal.

—Es una responsabilidad fiscal.

—Es que jamás pensé que los presupuestos de la policía pudieran impedir algo así.

Lynn dejó escapar una risa sardónica, y me temo que se me contagió.

—Los presupuestos no nos permiten muchas cosas que nos gustaría hacer. El nuestro no nos deja siquiera hacer algunas que realmente necesitamos, así que olvídate de las que nos gustarían.

—Oh. —Resoplé, perdida.

—Pero, aparte de eso, la investigación fue bastante exhaustiva y el registro meticuloso. Registraron toda la casa, peinaron el jardín y los campos y el laboratorio repasó los vehículos sin obtener nada. Y ni estaciones de trenes ni líneas aéreas informaron de nadie que coincidiese con la descripción de ningún miembro de la familia. Eso llevó cierto tiempo, ya que todos eran bastante del montón, si bien Hope estaba visiblemente enferma. Ninguna pista.

—Es escalofriante. —Me sobresaltó el sonido de la gatera cuando Madeleine entró en la casa. Fue hasta el cuenco de su comida y depositó algo en él, algo peludo y muerto.

—Jack sigue hablando del caso cuando lleva un par de cervezas en el cuerpo. Lo cual es bastante a menudo. —Lynn se calló, reconsideró lo que acababa de decir y cambió de tema—. ¿Qué tal tu marido?

—Bien —dije, algo sorprendida. Arthur tenía fuertes opiniones acerca de Martin y saltaba a la vista que las había compartido con Lynn.

—Es mayor que tú, ¿no?

—Quince años. Bueno, algo más de catorce.

Sentía cómo las cejas se me contraían por encima de mi nariz. Me quité las gafas (hoy tocaba el par de caparazón de tortuga) y me froté el pequeño punto donde siempre se me agolpaba la tensión. Madeleine estaba esperando a que fuese a premiarla.

—Me gustaría charlar contigo un día de estos —dijo Lynn, como si acabase de tomar la decisión.

Se me pasó por la cabeza que Arthur y Lynn, a través de algún canal de la policía, habían oído hablar de las antiguas actividades de Martin. Solo me faltaba, a esas alturas, que me sermoneasen más personas. O que me dijesen algo más que no supiera sobre mi marido o que me compadecieran.

—Te llamaré cuando tenga un hueco libre —dije.

CAPÍTULO 11

Una cena primaveral en la casa de un empleado: nuestra primera obligación social como pareja desde que nos habíamos casado. Al final me decidí por un claro vestido de algodón de manga corta y zapatos bajos. Martin me cepilló el pelo, algo que le encantaba. Tenía ganas de cortármelo. Era tan ondulado y, por lo tanto, hirsuto, que me dolía si me lo cepillaba cuando estaba demasiado largo, pero a Martin le encantaba que lo llevase por debajo de los hombros. Aguantaría los tormentos añadidos hasta el siguiente verano en Georgia. Como el vestido era azul y rojo, me puse las gafas rojas y me dio la sensación de que añadían un toque de alegría al conjunto. Por alguna razón, mi marido las encontraba divertidas.

Martin se puso un traje, pero cuando llegamos a la casa de los Anderson, a solo unas casas de la de mi madre, en Plantation Drive, Bill Anderson se deshizo de su corbata.

—Ya empieza a apretar el calor —dijo—. Mejor nos deshacemos de estas cosas. A las señoras no les importará, ¿no es así, Roe, Bettina?

Bettina Anderson, una recia mujer de cabellos cobrizos en sus cuarenta y pico, murmuró: «¡Pues claro que no!» justo al mismo tiempo que yo.

Nuestro anfitrión llevó a Martin al recibidor para que dejase allí la chaqueta. Se ausentaron más tiempo de lo que requería esa tarea. Mientras tanto, pregunté a Bettina si podía ayudarla en algo y, como no nos conocíamos, ella se vio en la obligación de decirme que no era necesario.

Me alivié de no haber llevado vino, ya que lo más fuerte que nos ofrecieron fue té helado.

Bill y Martin reaparecieron. Martin traía el ceño fruncido, por mucho que se esforzase por aliviarlo. Bettina desapareció en la cocina durante unos minutos. Era evidente que se encontraba azorada, pero solo me di cuenta de ello cuando llamaron al timbre y fue a abrir la puerta.

Me preguntaba cuánto tiempo llevaban casados los Anderson. Lo cierto era que no hablaban demasiado entre ellos.

Para mi alegría, los otros invitados a la cena eran Bubba Sewell y su mujer, mi amiga Lizanne Sewell, Buckley de soltera. Bubba es un prometedor político y abogado y Lizanne es una mujer preciosa y exuberante, con una voz tan parsimoniosa y cálida como la mantequilla cuando se funde sobre el maíz.

Se habían casado unos meses antes que nosotros y la celebración con ellos fue la fiesta más divertida a la que habíamos asistido como prometidos.

Nos dimos un abrazo contenido, más que adecuado para el tiempo que llevábamos sin vernos.

Bettina declinó también la oferta de Lizanne de ayudarla; estaba decidida a hacernos «compañía». Charlamos mientras nuestra anfitriona se condenaba al trasiego entre la cocina y el comedor. Lizanne me preguntó por mi luna de miel, pero sin envidia: ella nunca quiso salir de los Estados Unidos.

—Nunca sabes dónde estás cuando vas a esos países —dijo, temerosa—. Puede pasarte cualquier cosa.

Vi que Bill Anderson oía sus palabras y se disponía cuestionarlas con cara de incredulidad. Empezaba a caerme mal y, a menos que me equivocase, Martin tampoco le tenía demasiada simpatía. Me pregunté si esto era algo que tendríamos que hacer a menudo, cenar con personas con las que nada teníamos en común.

—¿Disfrutas de no tener que ir a trabajar todas las mañanas? —pregunté a Lizanne inmediatamente para ahorrarle la incomodidad. Lo más probable era que a Lizanne le trajese sin cuidado lo que Bill Anderson o cualquier otro pensase acerca de sus opiniones, pero a su marido no.

—Oh… No me quedo —dijo, meditabunda—. Aunque hay mucho que hacer en casa. Me he apuntado a algunos comités de buenas obras Fue idea de Bubba. —Parecía ligeramente divertida ante los esfuerzos de su marido por incluirla en su propio patrón social.

Nos llamaron al comedor en ese momento y, dado que tenía mis propios planes, me alegró ver que me habían sentado entre Martin y Bubba en la mesa redonda.

Tras el revuelo de pasarnos los platos, servirnos y felicitar a una nerviosa Bettina por el pollo, el arroz, el brócoli y la ensalada, pregunté en voz baja a nuestro diputado estatal si él había sido el abogado encargado de la administración de las propiedades de los Julius tras su desaparición. Fui despiadada, lo sé, ya que la conversación había derivado hacia el fútbol regional.

—Sí —asintió, limpiándose cuidadosamente el bigote con la servilleta—. Me encargué de la venta de la casa cuando pasó de manos de la señora Zinsner a T. C. Julius. Tras su desaparición, la señora Totino me pidió que siguiera implicado en el caso.

—¿Qué dicen las leyes sobre las desapariciones, Bubba?

—Según la legislación de Georgia, los desaparecidos pueden declararse fallecidos al cabo de siete años —me dijo—. Pero la señora Totino pudo demostrar que era la única pariente viva de la familia y, dado que tenía muy pocos recursos sin su apoyo (había estado viviendo con su hermana en Nueva Orleans, rascando algo de la Seguridad Social), acudimos a los tribunales para que la designasen custodia de la propiedad, de modo que pudiese percibir dinero suficiente para vivir. Al cabo de un año, recibimos una carta de la Administración, autorizándola a vender la propiedad tan pronto como encontrase un comprador. Todo esto se ha hecho ante notario, por supuesto —concluyó con cautela.

—Entonces, dentro de unos meses, los Julius serán declarados muertos.

—Sí, y el resto de sus bienes pasarán a manos de la señora Totino.

—O sea, el dinero de la compraventa de la casa.

—Oh, no. No solo el dinero de la venta. Julius había ahorrado una temporada para establecer un negocio tras dejar el ejército. —Y por la mueca de la boca de Bubba, parecía que ahí terminaba la conversación sobre los recursos económicos de la familia Julius.

—¿Te caía bien? —le pregunté de nuevo tras guardar silencio durante un minuto.

—Era un hombre duro —dijo tras pensarlo—. Muy de… «en casa se hace lo que yo digo». Pero no era mal tipo.

—¿Conociste al resto de la familia?

—Y tanto. Conocí a la señora Julius cuando compraron la casa. Estaba muy enferma y muy contenta por estar a buena distancia en coche de todos los hospitales de Atlanta. Era una mujer callada. La hija era una adolescente, no muy alegre, que digamos. Es todo lo que recuerdo de ella.

Entonces nuestro anfitrión le preguntó a Bubba por las novedades de la legislatura y se terminó mi conversación sobre la familia Julius.

De camino a casa, se lo conté todo a Martin, que escuchó algo abstraído. Eso no era habitual en él, que siempre estaba dispuesto a interesarse en el caso Julius tanto como yo.

—Tengo que volar a Guatemala la semana que viene —me dijo.

—¡Oh, Martin! Pensé que no tendrías que viajar tanto ahora que tienes la base en Chicago.

—Eso pensé yo también, Roe.

Su respuesta fue tan seca que me volví para mirarlo, sorprendida. Estaba visiblemente preocupado.

—¿Cuánto tiempo estarás fuera?

—Oh, no sé. El que haga falta. Puede que tres días.

—A lo mejor podría acompañarte.

—Espera a que lleguemos a casa; no soy capaz de tener esta conversación mientras conduzco.

Me mordí el labio, afligida. Cuando aparcamos, salí directamente hacia la casa.

Apenas estaba saliendo del coche para abrirme la puerta y lo pillé desprevenido. No me alcanzó hasta que hube recorrido medio camino hasta la puerta lateral de la cocina.

Entonces me puso la mano en el hombro y empezó a decir:

—Roe, lo que quería decir…

Le aparté la mano.

—No me hables —dije en voz baja, porque no quería que nos oyeran los Younghood. Vivíamos a kilómetros de la ciudad y no podía gritarle a mi marido en mi propio jardín—. No digas ni una sola palabra.

Subí la escalera con paso vehemente, cerré de un portazo la habitación y me senté en la cama.

¿Qué era lo que me estaba pasando? Jamás había tenido disputas tan abiertas con nadie en mi vida y allí me encontraba, enfurruñada con mi marido, a punto de haberle dado una bofetada, algo que tampoco había hecho jamás. Qué situación más lamentable.

Tenía que llegar a alguna conclusión. Y ya. Nuestra relación siempre había sido más emocional que ninguna que hubiese tenido, más volátil; pero esos sentimientos ardientes y explosivos siempre habían servido para acercar los abismos que nos separaban, pensé, sentada al borde de la colcha nueva, en nuestra nueva casa, con el nuevo anillo de casada puesto en el dedo. Me quité los zapatos y me senté en el suelo. De alguna manera, así era capaz de pensar mejor.

—Sigue sin contarme toda la verdad —me dije en voz alta, muy segura de lo que decía.

Lo oía vagamente, haciendo ruido en el piso de abajo. Se estaría sirviendo una bebida, decidí. Aturdida, me preguntaba cómo podía estar sentada en el suelo de mi habitación, enfadada y apenada, enamorada de un hombre que vivía una vida secreta. Recordé las palabras de Cindy Bartell: «No te engañará, pero tampoco te lo contará todo».

Atravesé un momento de pura rabia y autocompasión durante el cual me hice un montón de preguntas absurdas: ¿qué había hecho yo para merecer aquello? Ahora que al fin me había casado, ¿por qué no era todo de color rosa? Si me quería, ¿por qué su trato conmigo no era impecable?

Me tumbé boca arriba en el suelo, observando el techo. Lo más importante de todo: ¿qué iba a hacer durante la siguiente hora?

Unos crujidos anunciaron el ascenso de Martin por la escalera y su aproximación a la puerta.

—No pienso llamar a la puerta de mi propio dormitorio —dijo desde el otro lado.

Contemplé el techo con más vehemencia.

La puerta se abrió lentamente. ¿Temería que le arrojase algún objeto? Era una imagen mental de lo más curiosa. A lo mejor Cindy lo había hecho alguna vez.

Apareció a mis pies con dos vasos de lo que parecía 7 & 7. Noté la mancha de humedad en su camisa, donde había apoyado uno de los vasos para abrir la puerta con la mano libre.

—¿Qué estás haciendo, Roe?

—Pensar.

—¿Vas a hablar conmigo?

Se sentó en el taburete junto a mi tocador. Se inclinó hacia delante y me tendió uno de los vasos. Lo sostuve con ambas manos, apoyándolo sobre mi pecho.

—Sigo… —empezó a decir, pero se detuvo. Miró alrededor por si le llegaba el indulto por alguna parte y tomó un sorbo. Levanté la mirada y lo observé desde el suelo, expectante.

—Sigo en la venta de armas.

Me sentí como si el techo se me cayese encima.

—¿Quieres saber algo más al respecto?

—No —dije—. Ahora no.

—No creo que Bill Anderson sea quien dice ser —comentó Martin.

Aparté los ojos de él sin mover la cabeza.

—Creo que es del Gobierno.

Miré mi vaso.

—Yo creía que tú trabajabas para el Gobierno.

Torció las comisuras de la boca.

—Yo también lo creía. Sospecho que ha cambiado algo sin que yo tenga noticia de ello. Por eso tengo que ir a Guatemala. Algo no encaja.

Se me agolpaban tantas preguntas en la mente que no sabía cuál formular primero. ¿De verdad quería conocer las respuestas a todas ellas?

—¿Eres de verdad alguien con un trabajo normal en una empresa real? —expuse, detestando el temblor de mi propia voz.

Parecía triste.

—Soy todo lo que siempre te he dicho que era. Aunque otras cosas también.

—Entonces ¿por qué no puedes estar satisfecho? —dije, tan amarga como fútilmente.

Me senté en el suelo. Las lágrimas habían hecho acto de presencia sin que me diese cuenta. No sollozaba, simplemente caían sobre mi vestido. Di un sorbo al vaso. Sí, era 7 & 7.

Solo cuando estuve lista para hacerlo, volví a mirarlo.

—¿Te quedarás? —preguntó.

Nos miramos durante un largo instante.

—Sí —asentí—. Por un tiempo.

No apuré la bebida. Y, aun así, a la mañana siguiente me sentía como si tuviese resaca. Tenía que dejar de pensar en mi vida. Me vestí bruscamente, me puse más base de maquillaje que de costumbre, porque mi aspecto era desolador, y me acerqué a la cementera de Parnell Engle.

Era un pequeño negocio al norte de Lawrenceton. Había montones de distintos tipos de grava y arena salpicando la zona vallada. Un par de camiones hormigonera deambulaban por allí, haciendo lo que fuese que tuvieran que hacer. La oficina era tan yerma y práctica como no las veía desde hacía años. Había un sofá de cuero raído, unos cuantos armarios de oficina negros y un escritorio en el propio despacho. El escritorio estaba ocupado por una achaparrada mujer con pantalones elásticos y una incongruente blusa diáfana con la que pretendía disimular los michelines de grasa. Sus ojos desprendían buen humor desde su cara redonda, y estaba hablando con alguien al teléfono con tono muy firme.

—Si le dijimos que estaría allí a mediodía, estará allí a mediodía. El señor Engle no promete nada que no pueda cumplir. Y la lluvia, pues no es algo que podamos controlar... No, no podrán llegar antes, todos nuestros camiones estarán ocupados hasta entonces... Ya sé que el pronóstico anunciaba lluvias, pero como le he dicho... Está bien, nos veremos a mediodía. —Y colgó con cierta fuerza. Sobre el escritorio había una vieja máquina de escribir Underwood. Nada de ordenadores.

—¿Está aquí el señor Engle? —pregunté.

—¡Parnell! —gritó hacia la puerta que se abría tras ella—. Alguien pregunta por ti.

Al momento apareció Parnell en la puerta, vestido con unos vaqueros, botas de trabajo y una camisa caqui. Sostenía un montón de papeles.

—Oh —dijo sin entusiasmo alguno—. Roe Teagarden. ¿Disfrutando del dinero que te dejó mi prima?

—Sí —repuse a bocajarro.

Tras un instante digno de los duelos oculares del viejo Oeste, Parnell resquebrajó su rostro en una sonrisa.

—Bueno, el Señor al menos te ha favorecido —dijo—. He oído que te casaste el mes pasado. Es designio de Dios que la mujer sea compañera de un hombre.

—Amén —dije con tristeza.

—¿Querías hablar conmigo?

—Sí, si tienes un momento.

—No tengo mucho más, pero pasa. —Hizo un barrido casi grácil con la mano llena de papeles y me adentré por el crujiente suelo hacia el santuario de Parnell. De repente sentí un arranque de afectuosidad por ese hombre; su despacho era precisamente lo que me había esperado. Parecía tan dilapidado como la sala anterior; una de las paredes estaba presidida por una gran reproducción de *La última cena* y había placas con citas bíblicas desperdigadas por el resto, compartiendo espacio con un amplio mapa del país y un calendario que exhibía paisajes en vez de mujeres.

—Sabes que he comprado la casa de los Julius —le dije sin preámbulos. Parnell no era de los que esperasen o apreciasen la conversación social—. Quiero que me hables del día que echaste el hormigón del patio.

—Le di mil vueltas en su momento —explicó—. No sé por qué quieres que te cuente nada, aunque supongo que no es asunto mío. Ha pasado mucho tiempo desde la última vez que pensé en ese día.

Se apoyó en el respaldo de su silla y entrelazó los dedos sobre su delgado estómago. Apretó sus finos labios por un instante y se decidió a hablar:

—Aún trabajaba en los varios trabajos que conseguía por mi cuenta. En los últimos años he prosperado, a Dios gracias; pero cuando me llamó T. C. me alegré mucho. Había hecho todo el trabajo previo por su cuenta, estaba todo listo, según me dijo. Sabía que pretendía montar su propio negocio de carpintería, trabajos prácticos de todo tipo, esas cosas, así que imaginé que por ahí iban los tiros. De manera que me acerqué con el camión y el negro que trabajaba conmigo entonces, Washington Prescott, que murió de un aneurisma. Llegamos allí y la estructura parecía estar bien, tal como esperaba. Tenía algunos escombros al fondo; la gente suele echar ladrillos sobrantes, materiales de los que se quieren deshacer, pero nada parecido a un cuerpo o que pudiera contener uno. Piedras, ladrillos viejos y creo recordar que un par de trozos de tela rasgada. Charity salió a saludar. Ya conocía a la familia de antes, así que no era la primera vez que la veía. Nos dijo que su padre se había ido a hacer un recado y que había llamado para decir que no volvería a tiempo, que hiciese mi trabajo y le mandase la factura.

—¿No llegaste a verlo?

—Es lo que acabo de decir, ¿no?

—¿Viste a los demás miembros de la familia?

—A eso iba. Tú eres la que quiere saberlo todo.

—Disculpa.

—Harley, el novio de Charity, salió a echar una mano. Y la suegra, no recuerdo el nombre, se asomó desde el apartamento del garaje y nos observó trabajar un rato. Mientras echábamos el hormigón, Washington se metió en la estructura asegurándose de que la masa caía con uniformidad, no nos llevó demasiado tiempo. Por la ventana de la cocina pude ver a Hope con un delantal puesto, preparando la cena, o eso parecía. Me saludó con la mano, pero no salió a hablar. Pensé que debía de tener prisa. Parecía que tenían previsto salir más tarde.

—¿Era sociable?

—¿Hope? Oh, sí, era una mujer simpática y humilde. Ese cáncer la estaba secando por dentro, pero ese día tenía mejor aspecto y se movía con más facilidad que durante los dos meses que hacía que la conocía.

Así que había visto a todos los miembros de la familia, menos a T. C.

—¿La luz de la cocina estaba encendida? —pregunté.

—No, creo que no. Aún era bien de día. Llegué a las cuatro, a finales de octubre; no es que fuese un día muy claro, ahora que lo pienso. Pero seguro que vi a Hope.

—Y no hay manera de que, tras tu marcha, metiesen los cuerpos en el hormigón, ¿verdad?

—Al día siguiente salí tarde, tras mi charla con la policía. Ese hormigón estaba exactamente tal como Washington y yo lo habíamos dejado. Nadie lo había tocado.

Parnell estaba absolutamente convencido de sus palabras. Se estiró en su silla, haciéndola chirriar y añadió:

—Creo que eso es todo, Roe.

Se levantó para acompañarme hasta la puerta, así que no tuve más opción que colgarme el bolso al hombro y precederlo. Pensé en la última pregunta.

—Parnell, ¿qué te hizo pensar que la señora Julius tenía previsto salir más tarde?

—Bueno —comenzó, pero se quedó mudo—. ¿Que por qué? —se preguntó, rascándose un lado de la nariz con los papeles que había retomado. Su estrecha cara se quedó en blanco mientras repasaba sus recuerdos—. Por la peluca —dijo, satisfecho con su propia capacidad de recordar—. Hope llevaba la peluca dominical.

Más tarde, fui a la iglesia.

No se me ocurría a qué otro sitio ir.

Estaba abierta. Podía ver a través del ángulo recto formado por la iglesia y el salón parroquial, donde se encontraba el despacho. Aubrey estaba sentado en su escritorio, pero entré en el edificio. El ambiente era cálido y polvoriento. Me senté al fondo, bajé un reclinatorio y me deslicé encima.

Deseaba poner un poco de orden en todo mi caos.

Prometí a Martin, cuando nos casamos, que estaría con él. Lo amaba.

Pero era... una mala persona. O, al menos, una persona no tan buena.

El corazón me dio un vuelco mientras formulaba ese pensamiento, pero era incapaz de negar la verdad.

Si alguien se me acercase, como Aubrey, por ejemplo, y me dijese: «conozco a alguien que vende armas ilegalmente a gente desesperada en América Latina», ¿qué iba a pensar?

Pensaría que se trataba de una mala persona, porque no hay ningún rasgo positivo en el mundo que pueda equilibrar todo ese... mal.

Ese hombre, capaz de un acto tan maligno, era mi marido, el mismo que había ideado alternativas de luna de miel para hacerme feliz, el hombre convencido de ser una persona muy afortunada por casarse conmigo, el hombre que había luchado en una terrible guerra en Vietnam, un hombre que quería y apoyaba a un hijo desagradecido.

Estaba convencida de que Martin hacía lo que hacía no porque fuese intrínsecamente malo, sino porque era un adicto al peligro, a la aventura y puede que porque creyese que así servía a su país. Pero su trabajo envenenaría nuestra vida de pareja, por muchas cosas buenas que tuviera. Era mi amor, mi amante, mi ejecutivo de una empresa agrícola, un veterano, un atleta, pero no podía olvidar su reverso más negativo.

Lloré un poco. Oí cómo se abría la puerta de la iglesia con cuidado. Noté que alguien se quedaba en el corredor, detrás de mí. Era Aubrey. Debió de reparar en mi coche. Pero no me volví porque no quería que me viese la cara. Al cabo de un rato, noté cómo me acariciaba el pelo y posaba su mano ligeramente sobre mi hombro. Me dio una palmadita y luego oí la puerta cerrarse tras él.

Los apartamentos Peachtree. Un guardia de seguridad distinto, negro también, menos corpulento y afable. Este se llamaba Roosevelt, algo que seguramente era del agrado de la señora Totino, que estuvo menos agradable conmigo, en cualquier caso; su voz, que oía crepitar a través del teléfono del vestíbulo, no rezumaba demasiado entusiasmo. A lo mejor echaba de menos los salvamanteles púrpura y plata.

—Has estado llorando —dijo sin paños calientes, apartándose de la puerta sin demasiada amabilidad. ¿A qué se debía esa repentina frialdad? Recordé su reputación de persona desagradable. Puede que simplemente hubiese vuelto a su ser.

—Quería preguntarle una cosa —dije—. Lamento no haberla llamado antes de venir. —En realidad había sido un golpe de suerte, me dije.

Estaba claro que no iba a ofrecerme un asiento.

¿Qué? —inquirió con rudeza.

—El día que se vertió el hormigón en el patio…

Asintió con desdeño; su delgada y encorvada figura se perfilaba bajo el sol que entraba por la única ventana del atestado salón.

—¿Se le ocurre alguna razón por la que su hija se hubiera podido poner la peluca de los domingos?

—¡Largo! —chilló de repente—. ¡Vete, vete, vete! ¡Has comprado la casa! ¡Se acabó! No puedes dejarlo en paz, ¿verdad? ¡Nunca lo sabremos! ¿Sabes lo que me ha dicho una vieja loca de aquí? ¡Que se los comieron los marcianos! Llevo oyéndolo años. ¡No lo soporto!

Terriblemente amedrentada y profundamente abochornada por haber provocado tal alboroto (se empezaron a abrir puertas por todo el pasillo), retrocedí un paso y le di el espacio necesario para que me cerrara la puerta en las narices.

La guinda de esas veinticuatro horas perfectas fue una llamada de Martin desde el trabajo para decir que su superior en la sede de Chicago lo había convocado a una reunión urgente de todos los gerentes de planta para lo antes posible. Había ido a casa para hacer la maleta y yo no estaba, y nadie sabía cuál era mi paradero.

A quién se lo habría preguntado, me interrogué.

—Eso quiere decir que tendré que viajar a Guatemala directamente desde Chicago —dijo.

Hice un sonido de protesta. Era incapaz de tomar ninguna decisión acerca de mi vida con Martin, pero estaba segura de que lo echaría de menos y lo odiaría por dejar el país antes de resolver nuestros problemas.

—Roe —dijo con voz más íntima, menos seca—. Lo voy a dejar.

Por desgracia, volví a echarme a llorar.

—Promételo —dije sollozando como una cría de nueve años.

—Te lo prometo —dijo—. Este será el último viaje. Prepararé el terreno mientras esté allí. Tengo que hablar con algunas personas, hacer algunos preparativos; pero, por lo que a mí respecta, se acabó.

—Gracias a Dios —dije.

Tenía la sensación de haber llorado más en mis primeras cuatro semanas de casada con Martin que durante los cuatro años previos.

CAPÍTULO 12

Al día siguiente llamé a los padres de Harley Dimmoch para averiguar dónde se encontraba ahora su hijo. Su nombre no era precisamente común y Columbia, Carolina del Sur, no es tan grande. Había tres Dimmoch y el segundo de la lista resultó ser el que buscaba.

Le dije a su madre que acababa de comprar la casa en la que vivieron los Julius.

—Estoy interesada en la historia de la casa. Me preguntaba si podría decirme algo sobre el día anterior a su desaparición —dije.

—No le gusta hablar del asunto. Estaba muy enamorado de la chica, ¿sabe?

—¿Vive en Columbia con usted?

—No, ahora está cerca de la costa del golfo, trabaja en un almacén de madera. Se ha echado una novia con la que lleva viéndose varios años. Vuelve de visita a casa una vez al año, para que podamos verlo.

—¿Y me dice que no suele hablar de la desaparición de Charity?

—No, es muy sensible al respecto. Su padre y yo siempre hemos creído que, en cierto modo, se siente culpable. Como si creyese que, si se hubiese quedado esa noche, en vez de volver a casa, hubiera podido detener lo que fuera que ocurriera.

—Así que ese día volvió a casa.

—Volvió muy tarde esa noche, antes de que la señora Totino descubriera las desapariciones. Oh, y la policía no dejó de venir para interrogarlo. Temíamos que perdiese los nervios, cosa que le suele pasar bastante, y dijese algo que les hiciera pensar que él había hecho algo.

Me gustaba esa mujer. Era de lo más locuaz.

—Pero en realidad estaba como aturdido. Era como si no supiese muy bien lo que hacía. Nos dijo cien veces que ayudó a la señora Julius con el tejado y vio a un hombre echar el hormigón en el patio antes de la cena, tras la cual se fue de la casa.

—¿Nunca mencionó que se hubiesen peleado entre ellos, que se hubiesen presentado extraños en la puerta o cualquier otra cosa extraña? —Empezaba a girar la tuerca más de lo que debía.

—No, todo era normal. Insistió en ello como si lo pusiéramos en duda. Y la policía registró mil veces ese viejo coche suyo, como para volvernos locos. Estaba loco por Charity. Nunca ha sido el mismo desde entonces.

—¿En serio?

—Sí. Después de aquello no fue capaz de sentar la cabeza. Es mayor que… Bueno, Charity tenía quince o dieciséis años y Harley dieciocho cuando pasó todo. Cuesta creer que mi cielito tenga ahora veinticuatro, ¡casi veinticinco! Teníamos la esperanza de que se quedase con nosotros, quizá que acudiese a un colegio universitario o algo parecido. Lo acababan de despedir de su último trabajo cuando fue a ver a Charity esa vez; pero, tras lo ocurrido, lo único que quería era independizarse; ya no quería estar con nosotros. Estaba tan conmocionado que era como si no quisiera volver a tener más sustos en su vida. No le gusta que lo llamen por teléfono si no espera la llamada. No lo llamamos casi nunca, salvo algunos domingos. No le hacemos visitas inesperadas, por así decirlo, sino que le avisamos con bastante antelación.

Hice un sonido indeterminado con la intención de animarla a seguir con su relato.

—Así que no creo que sea conveniente darle su número, señora, porque una llamada, así de la nada, no le hará ninguna gracia. Pero si usted me da el suyo, se lo daré la próxima vez que hablemos.

Le di mi nombre y mi número, se lo agradecí sinceramente y colgué.

Relaté esa conversación a Angel mientras nos sentábamos en el porche con sendas limonadas dos días después. Habíamos medido ya toda la casa y comprobado todas las paredes en busca de espacios huecos. Registramos también el jardín. Neecy Dawson, con quien quería hablar sobre el armario sellado, había ido a Natchez para hacer un *tour* por viejas casas anteriores a la guerra con un grupo de señoras mayores; Bettina Anderson dejó un mensaje en mi contestador; mi madre y John se habían ido a una convención de agentes inmobiliarios en Tucson, y el tiempo mejoraba a ojos vistas. La primavera nunca era suficiente en Georgia.

Martin llamó para decir que había llegado a Chicago y Emily Kaye lo hizo para pedirme que me uniera a la Cofradía del Altar de San Jaime. Ambas llamadas me pusieron nerviosa, aunque en terrenos distintos. El tono de Martin me había parecido preocupado, pero determinado; era la parte de la preocupación la que me inquietaba. ¿Hasta qué punto le resultaría fácil desligarse de su actividad? Emily, con sus mejores modales, había dejado patente que no aceptaría un no por respuesta y me había sugerido, muy amablemente, que asistiera a la reunión de la Cofradía del Altar ese mismo día para informarme.

—¿Qué has averiguado? —me preguntó Angel con su monótona voz de Florida.

—Pues he averiguado —comencé sin muchas prisas— que la señora Julius se había puesto su peluca de los domingos entre semana, que la señora Totino no quiere hablar más de las desapariciones, que no había cuerpos bajo el hormigón y que hubiera sido imposible ocultarlos ahí tras verterlo; que Harley Dimmoch cambió radicalmente tras la desaparición de Charity Julius, pero que la policía parecía satisfecha con su versión de los hechos, porque la señora Totino presuntamente vio a los Julius tras su marcha.

—Entonces, ¿la versión de la señora Totino es lo único que tienes que respalde que estaban vivos?

—Sí —admití—; pero, a fin de cuentas, ella es la madre de una de las desaparecidas. Era parte de la familia. Su hija tenía cáncer.

—Quizá deberías hablar con la hermana. La hermana de la señora Totino. La de Metairie.

—No sé qué podría decirme. Según la señora Totino, su hermana nunca ha estado aquí. La señora Totino está tan enamorada de Nueva Orleans que se pasa por allí cuando puede. Eso dice, aunque sonaba como si a su hermana no le alegrara mucho tenerla allí.

—Me pregunto por qué.

—Bueno, puede ser exasperante cuando quiere y, a tenor de lo que me contó el guardia del primer día que fui a visitarla, tiene fama de desagradable.

—Si era tan asquerosa, ¿cómo es que los Julius querían que viviese con ellos?

—Para ayudar en la casa mientras la señora Julius recibía su tratamiento contra el cáncer, supongo.

—Pero ¿eso no lo habría empeorado todo? O sea, tienes a una mujer enferma, a una adolescente enfadada con el mundo porque ha tenido que dejar atrás a su novio y a un marido que intenta montar su propio negocio en una ciudad nueva. En esas circunstancias, ¿una mujer así no habría dado más problemas de los que hubiera resuelto? Les habría costado menos contratar a una criada que construir ese apartamento encima del garaje.

Dicho así, parecía extraño. Le daría vueltas cuando tuviese tiempo. Ahora tenía que reunirme con los miembros de la Cofradía del Altar, probablemente para hablar de asuntos de altar, fuese lo que fuese lo que eso implicaba.

—Tengo que irme —dije a regañadientes. Me levanté y recogí los vasos.

—Ya los recojo yo —se ofreció Angel—. Los dejaré en la cocina y echaré el pestillo de la puerta de atrás cuando salga.

Como tenía que coger las llaves y el bolso, entramos juntas en la casa. Me había puesto lo que esperaba que fuese una adecuada falda, caqui y hecha a medida, una blusa a rayas, un llamativo pasador amarillo para recogerme el pelo y las gafas más sobrias que tenía: las de la montura de caparazón de tortuga. Mi bolso no estaba lejos, al lado de la puerta principal, así que me vi bajando los peldaños del porche delantero antes de que Angel hubiese salido por la puerta de la cocina. Hacía calor, pero nada que ver con el azote infernal de los veranos de Georgia. Me peleé con la hierba crecida a medida que avanzaba mientras pensaba que comprar un cortacésped autopropulsado en Sears no sería mala idea: el jardín era enorme.

Madeleine salió disparada del garaje, cruzó el jardín a una sorprendente velocidad para una gata tan gorda y desapareció bajo los arbustos del porche delantero. ¿Qué demonios la habría espantado? Miré hacia el oscuro interior, avanzando muy lentamente, nerviosa por alguna razón que se me escapaba.

Habían forzado el cuarto de herramientas. Estaba segura de que Angel y yo lo habíamos cerrado el día que medimos esa parte.

Angel emergió por la puerta lateral de la cocina y estaba a media distancia del camino entre la casa y el garaje.

Avancé otro paso y la puerta pareció abrirse un poco más.

—Angel —llamé, con una voz que, sin duda, mostraba cómo el pánico se extendía por todos mis nervios.

Su reacción me sorprendió sobremanera, a pesar de visto lo visto.

En lugar de decir «¿Qué?» o «¿Algún problema?» se echó a correr a tal velocidad que llegó a mi altura en un segundo, justo después de que la puerta del cuarto de herramientas se abriera en un estallido. El hombre que salió de allí venía derecho hacia nosotras, y llevaba un hacha en la mano.

—¡Corre! —chilló Angel con todas sus fuerzas—. ¡Roe, corre!

Aquello me pareció terriblemente desleal por mi parte, aunque deseaba hacerlo con todas mis fuerzas; pero no podía abandonar a Angel, decidí en un alarde de nobleza y puede que también de estupidez, ya que el hombre se puso a agitar el hacha y a gritar mientras cargaba hacia nosotras. Angel se coló bajo su brazo, intentó hacerse con el mango del hacha, tropezó en la gravilla suelta y cayó al suelo. Mi bolso era lo único que tenía a mano. Lo agité agarrándolo por la larga correa del hombro y sentí con un escalofrío cómo el filo del hacha la cercenaba y el bolso caía al suelo; sin embargo, eso hizo al hombre gastar un movimiento, obligándolo a rearmar el brazo para intentarlo de nuevo conmigo, lo cual dio tiempo a Angel para embestir desde su posición inerte y agarrarlo de los tobillos. El siguiente paso del hombre lo llevó a aterrizar sobre la gravilla mientras el hacha pasaba, inofensiva, a mi lado. Dio en la gravilla con un ruido sordo, pero seguía aferrado al arma, tratando de usarla contra Angel cuando yo le propiné un fuerte pisotón en la mano.

Soltó el hacha con un aullido mientras yo me hacía con ella y la arrojaba lo más lejos posible. Mi instinto quería sacarla de la ecuación; los bordes muy afilados me ponen de los nervios. El hombre optó por usar sus manos, agarrando y tirando de la coleta de Angel, golpeándole la cara contra la gravilla; pero ella no dejó que el dolor le arredrase, sino que, con una expresión de absoluta determinación, hincó los dedos en un punto del brazo de su agresor y lo presionó con sus fuertes dedos. Él gritó y la soltó, optando, a continuación, por lanzar una patada hacia la cabeza de Angel. Veloz como una serpiente, ella rodó y la patada fue a dar en su hombro. Aun así, abrió la boca en una mueca de dolor. Eso le dio tiempo al agresor para ponerse de pie. Hasta ese momento yo había estado describiendo fútiles círculos alrededor de ellos, incapaz de identificar un punto débil, dada la velocidad y fiereza de sus movimientos. Cuando se puso en pie, instintivamente traté de bloquearlo, pero él me puso la zancadilla y mis pies, con sus suburbanos zapatos de suela de cuero, salieron volando debajo de mí, haciéndome caer de espaldas y obligándome a expulsar todo el aire de mis pulmones. Fui incapaz de moverme mientras oía unos pasos pesados corriendo por la gravilla, camino abajo.

El rostro de Angel, ensangrentado y magullado, apareció ante mis ojos.

—¿Estás bien? —me preguntó con urgencia.

Me las arreglé para mover un poco la cabeza, aguardando aún que mis pulmones fuesen capaces de inspirar aire.

Angel se fue corriendo tras el intruso, con pasos ágiles y ligeros; pero oí encenderse el motor de un coche, así que sabía que no tardaría en volver.

Y así fue, pero ninguna de las dos estábamos de humor para sentarnos a repasar nuestra reciente experiencia.

—¡Hay que entrar en la casa ahora mismo! —dijo con cierta sequedad, levantándome del suelo de un solo movimiento. Finalmente, para mi gran alivio, pude tomar algo de aire. Angel coló su brazo por debajo del mío para arrastrarme hacia la casa. Cogió el bolso dañado con la otra mano, sacando las llaves a medida que avanzábamos y dejándolo en el suelo mientras giraba la llave en la cerradura. Me metió en el salón como pudo mientras echaba el cerrojo. Cuando, sentada, aún trataba de dilucidar lo que nos acababa de ocurrir, Angel se fue corriendo a la cocina, manchando el suelo con la sangre de las heridas dejando un rastro en el suelo.

Oí su voz hablando deprisa, pero sin perder la calma. Estaba llamando a la policía.

Pugné por incorporarme y me arrastré hasta la cocina.

Angel estaba colgando el teléfono. Se volvió hacia la puerta lateral y echó el pestillo, repitiendo el proceso en la puerta trasera de la propia cocina. Recorrió toda la estancia corriendo las cortinas a su paso.

Y entonces se giró hacia mí y supe que estaba furiosa. Los gestos lentos y deliberados de Angel se habían esfumado.

—Cuando te diga que corras, corre —dijo en una voz baja y apenas controlada—. No te quedes para salvarme el culo. Lo único que harás será estorbar. Te dije que corrieras.

—Angel —dije, dándome cuenta casi en el momento—, eres mi guardaespaldas.

Nos quedamos mirándonos un instante. Ambas teníamos muchas cosas en las que pensar.

—¿Por qué no saliste corriendo? —preguntó.

—No podía dejarte allí. —Estiré el brazo detrás de mí para alcanzar un paño y se lo tendí—. Estabas sangrando por todas partes —dije.

Lo cogió con aire ausente y empezó a palparse la cara con él. Lo miró y pareció sorprenderse por las manchas de sangre.

—Tiene que verte un médico.

—No —atajó—. Nosotras nos encargaremos. No iremos a ninguna parte hasta que Shelby compruebe la carretera que lleva a la ciudad. Eso está haciendo ahora.

—Lo has llamado a él.

Asintió. Oteó entre las cortinas.

—No has llamado a la policía —dije con cautela, sintiéndome bastante ingenua.

Tenía razón. Angel arqueó una ceja y meneó la cabeza.

Ni siquiera tuve que preguntar por qué. Angel estaba convencida de que el ataque estaba relacionado con las actividades ilegales de Martin. Angel y Shelby, por supuesto, estuvieron al corriente de ellas en todo momento. La revelación me sobrevino como si el cielo se abriese sobre mí: Martin los había traído antes siquiera de que nos casáramos, había adquirido la casa de los Julius y el apartamento adrede para los Younghood, previendo la posibilidad de que ocurriese algo parecido.

Saqué el botiquín del cuarto de baño sintiéndome como si estuviese medio muerta. Me sentía conmocionada por el ataque, humillada por todas las revelaciones; pero sabía que debía sentirme agradecida; ahora estaría, sin duda, muerta de no ser por Angel Younghood. Pero me sentía tan fría como una piedra; los odiaba a todos: a Angel, a Shelby y a Martin. Solté de golpe el botiquín sobre la encimera de la cocina y descolgué el teléfono. Angel hizo una mueca de protesta, pero antes de que pudiera pronunciar una palabra me volví hacia ella con tanta decisión que no le quedó más remedio que volver a mirar entre las cortinas.

—Emily —dije cuando oí su voz al otro lado de la línea—. Esta tarde no podré ir a la reunión de la Cofradía del Altar, lo siento. —Sin perder la compostura, Emily emitió sonidos de indudable irritación.

—Es que me he caído de camino al garaje. Sí, sé que es propio de una anciana, pero la gravilla estaba resbaladiza y llevaba suelas de cuero... No, estoy bien, de verdad, tan solo me he hecho unos moretones. ¡Acudiré a la próxima reunión, no lo dudes! Diles a todas que lo lamento mucho.

Colgué el teléfono. Me quedé inmóvil, mano sobre mano, contemplando el fondo del agujero negro en el que me había precipitado. Saqué un paño de debajo de la pila, lo humedecí y escurrí.

—Siéntate —ordené a Angel.

Abandonó su puesto, pero insistió en acercar la silla a la ventana. Siguió vigilando mientras le limpiaba la cara. Sabía que dolía, pero me daba igual. Tras limpiarle los cortes y las abrasiones, le unté con antibiótico tópico. Estaba para verla.

El coche de Shelby frenó en seco e hizo crujir la gravilla del camino. Dejó el coche en el sitio donde solía aparcarlo, al otro lado del garaje, para que no estuviese a la vista. Angel se había hecho con un cuchillo del cajón de la cocina; permaneció quieta, observando fijamente a su marido, el cuchillo bien aferrado entre sus dedos.

—Abre la puerta de la cocina —me dijo.

Eso hice.

—Apártate de ella.

Puse los ojos en blanco y retrocedí para apoyarme en la encimera. Podía ver a través del pequeño hueco por donde vigilaba Angel. Por fin apareció Shelby, con paso nervioso, mirando con preocupación en todas direcciones. Sostenía una escopeta.

Se me aflojó la mandíbula.

Ese día me había dado varios golpes, literal y metafóricamente; pero el más contundente, el más revelador, fue ver una escopeta en las manos de Shelby Younghood.

Alguien acababa de intentar matarme: ese hombre había ido a por mí, Angel apenas había supuesto un obstáculo a sus ojos. No tenía ni idea de su función ni sus capacidades. Toda su voluntad había estado puesta en acabar conmigo. Pensé en el hacha dirigida a mi cabeza y, de repente, sentí que las rodillas me fallaban.

Shelby entró por la puerta de la cocina como una exhalación. Angel estaba lo bastante cerca como para echar el pestillo nada más él hubo entrado.

—¿Estás bien? —le preguntó a su mujer.

Ella asintió.

—Cabreada —dijo—. Furiosa. No pude con él. Perdí el equilibrio. Fue ella quien se deshizo del hacha, no yo. —Estaba claro que Angel no esperaba que su marido se sorprendiese ante el estado de su cara; los ojos de Shelby escrutaron los desperfectos con rapidez, desestimando su gravedad. Angel era una profesional, lo tenía cada vez más claro. Y si yo estaba lidiando con mi humillación, ella no lo hacía menos: había fracasado en su cometido.

—¿Roe cogió el hacha? —dijo Shelby, incrédulo.

—Está en medio del jardín delantero. Ella la arrojó.

—Ella la arrojó —repitió Shelby, como si fuese incapaz de asimilarlo.

—El agresor se acercó todo lo que pudo —dijo Angel, enfadada—. Si yo no hubiese estado ya fuera de la casa, la habría alcanzado.

De repente sentí la necesidad de sentarme.

Saqué una de las sillas de la mesa de la cocina. Las patas provocaron un molesto chirrido en el suelo.

—Deduzco que no lo has visto en tu trayecto desde la ciudad.

—Ningún Chevy Nova azul.

—Las matrículas estaban cubiertas de barro —dijo Angel de repente. Al parecer, ya se lo había dicho a Shelby y él había buscado al agresor en su camino de vuelta a casa.

Nadie podía decir que mi vida de casada fuera plácida. ¡Sin cuartel para los Bartell!

Me eché a reír.

Los dos me observaron, incómodos, y luego volvieron a sus deliberaciones.

—Ahora todo está muy tranquilo ahí fuera. Será mejor que nos movamos —dijo Shelby.

—Yo lo llamaré —se ofreció Angel. Obviamente tenía ganas de confesar su fracaso a alguien. Tras un instante, deduje que era a Martin a quien iba a llamar, y eso me sacudió de arriba abajo.

—Disculpad —dije con rencor—. Si alguien va a llamar a mi marido, esa soy yo.

Ambos parecían estupefactos ante mis palabras y consternados por lo que desprendían.

—Deberías hacer la maleta, ya hablarás con Martin esta noche —sugirió Shelby gentilmente; pero saltaba a la vista que la gentileza le estaba costando un soberano esfuerzo. Bien.

—Hablaré con mi marido cuando me dé la puñetera gana.

Estaban considerablemente sorprendidos. Si bien era yo la que desconocía la auténtica naturaleza de los Younghood, ellos ahora estaban descubriendo un par de cosas acerca de mí.

Tenían los teléfonos de donde se alojaba Martin. Sabían dónde se encontraba y por qué había salido de la ciudad. Lo sabían todo sobre nuestras vidas.

Eran mis guardaespaldas. Sentí un escalofrío cuando la palabra se materializó en mi mente.

A decir verdad, Shelby, con la cara marcada por las cicatrices de acné y su indómito pelo peinado hacia atrás, poco tenía que ver con Kevin Costner.

—Usaré el teléfono de la otra habitación —les informé. Atravesé el pasillo y me senté en el escritorio de Martin para llamarlo a Chicago.

La secretaria que cogió la llamada estaba bastante segura de que la reunión de Martin («Está reunido con el presidente», dijo severamente) era más importante que mi llamada, pero yo le respondí:

—He de insistir. Soy su esposa y se ha producido una urgencia.

Tras una pausa de casi cinco minutos, Martin se puso al teléfono, y yo casi me vine abajo con el sonido de su voz.

—¿Qué ha pasado? —preguntó, tenso—. ¿Estás bien?

—Sí, estoy bien. —Me temblaba la voz. Me tomé un instante para recomponerme—. Angel está herida, pero no es grave —dije con una vergonzosa satisfacción.

—¿Angel? ¿Tú estás bien y Angel está herida? ¿Qué ha pasado? ¿Está Shelby allí?

—Sí, Martin, Shelby está aquí y podrás hablar con él dentro de un minuto, para que los hombres podáis encargaros de todo. —Por Dios, aún estaba enfurecida con el mundo—. Había un hombre escondido en el garaje, y si hubiese tenido la paciencia de esperar a que entrase, me habría matado. Pero ya me había dado cuenta de que algo no encajaba cuando salió cargando contra mí, y Angel pudo llegar a tiempo. Luego le quité el hacha. Pero salió corriendo y pudo escaparse en su coche. —La voz volvía a fallarme. Deseaba poder afincarme en una emoción de una vez por todas. Miedo, furia, humillación, conmoción. Todo un cóctel de sensaciones.

—Cielo, ¿de verdad te encuentras bien? ¿Te ha herido en alguna parte?

—Físicamente, no, Martin —dije con gran comedimiento.

—¿Necesita Angel ir al hospital?

—No, ya me he encargado con el botiquín.

—Bien. Muy bien. Vale, cariño, esto es lo que necesito que hagas: tienes que hacer caso de todo lo que Shelby y Angel te digan. Están allí para protegerte. Cogeré el primer vuelo de la mañana. Iré a Guatemala en cuanto me asegure de que todo está bien.

—Vale —accedí concisamente. Lo cierto es que no veía la necesidad de añadir nada más.

—Ahora me gustaría hablar con Angel y Shelby. Gracias a Dios que estás bien. Lo siento.

Miré hacia el pasillo. Ambos estaban de pie en la puerta de la cocina. Shelby rodeaba a Angel con los brazos, en un momento de flaqueza.

—Quiere hablar contigo, Angel —dije.

Como si prefiriese pelearse con un caimán, Angel Younghood, mi protectora, se acercó para hablar con Martin.

Yo subí a mi cuarto para tumbarme en la cama.

CAPÍTULO 13

Fue una larga noche.

Angel durmió en el sofá de la salita familiar de abajo. Shelby se quedó fuera para patrullar los alrededores. Yo permanecí tumbada en la cama pero despierta. A veces leía; a veces dormía; a veces pensaba. Ni en un millón de años me hubiera imaginado en la situación por la que estaba pasando.

Menos mal que mi madre había salido de la ciudad. No podría haberle ocultado toda la tristeza y el miedo que sentía.

Antes de que cada cual ocupara sus respectivos puestos para pasar la noche, Shelby nos había preguntado sobre la aparición del agresor. Todo había pasado muy rápidamente y el hombre no había parado de moverse, pero descubrí que, si cerraba los ojos y reproducía la secuencia de su ataque desde el cuarto de herramientas, era capaz de recordar su aspecto.

—Llevaba una camiseta de trabajo de manga corta —fue lo primero que dije. Angel mostró su consenso con un asentimiento.

—Y calzado de seguridad —añadió ella, frotándose el hombro.

—¿Qué es el calzado de seguridad? —pregunté.

—Zapatos de acero —me explicó, algo sorprendida.

—Oh. Y también tenía unos pantalones de trabajo oscuros.

—Bien, ya tenemos una idea de su fondo de armario. ¿Qué aspecto físico tenía? —inquirió Shelby con una evidente paciencia.

Me entraron ganas de subir a mi cuarto y cerrar de un portazo, pero era consciente de que Shelby se limitaba a hacer su trabajo y una actitud infantil por mi parte no ayudaría en esa situación. Pero la tentación estaba ahí.

—Tenía el pelo negro y rizado —dijo Angel.

—Era de la altura de Angel —contribuí yo—. Era joven. No tendría más de treinta años, y dudo que tantos.

—Realiza trabajos pesados para ganarse la vida —indicó Angel— a juzgar por su musculatura.

—Recién afeitado. Ojos azules. Estoy bastante segura. Mandíbula recia.

—¿No dijo nada en ningún idioma? —nos preguntó Shelby.

—No.

—No.

Y en eso se resumía todo lo que sabíamos del hombre del garaje.

El día siguiente también amaneció despejado, más cálido, sin duda. Los Younghood intercambiaron funciones: Shelby subió al apartamento a dormir y Angel se quedó conmigo. Tomamos el desayuno y lavamos los platos en silencio y, cuando ambas estuvimos la una frente a la otra, vestidas con vaqueros y camisetas, nos removimos nerviosas. Angel no había salido a correr. Yo había apurado mi último libro de la biblioteca y no era muy aficionada a ver la tele durante el día. Tras un repaso de las noticias de la CNN, apagué el televisor.

Normalmente, a esas horas me estaría preparando para hacer algún recado o, al menos, para concretarlo (limpiar, comprar la comida, ir al banco o a la biblioteca), así como llamar por teléfono o escribir cartas; pero ese día era del todo incapaz; mis protectores no querían que fuese a la ciudad.

—¿Podemos salir? —pregunté finalmente a Angel.

Se lo pensó.

—Sí, al jardín delantero —decretó—. Detrás hay demasiados árboles y arbustos que bloquean el campo visual.

Esa era una de las razones por las cuales me gustaba tanto ese sitio.

—En el jardín delantero puedo ver lo que se acerca —añadió Angel—. Anoche, Shelby sacó los arbustos de la carretera que oculta el coche.

—¿Que hizo qué?

—Que ha cortado un puñado de campanas amarillas —matizó Angel con aire cansado.

—La *forsythia* ha desaparecido —dije, incrédula. Durante la noche, Shelby había cortado mis arbustos, un precioso conjunto de tres *forsythias* que habían florecido y se habían extendido alegremente a lo largo de dos decenios, estimé.

—Estaban junto al camino y entorpecían el campo visual desde la casa —respondió Angel, asombrada ante mi grado de consternación.

—Está bien —dije finalmente—. Vale, vamos.

—¿Qué vamos a hacer?

Me sentía atontada por la falta de sueño y la conmoción.

—¿Tienes un *frisbee,* Angel?

—Pues claro —repuso, como si le hubiese preguntado si tenía nariz.

—Bien, pues juguemos al *frisbee.*

Así pues, tras un reconocimiento preliminar, salimos al aire fresco. Ignoré la escopeta que Angel se llevó consigo y colocó en una silla del porche, donde pudiera alcanzarla rápidamente. A continuación, cogió su *frisbee* y dobló la muñeca para lanzármelo con una sonrisa de anticipación dibujada en los labios. Me preparé para correr.

Diez minutos después me faltaba el aliento y hasta *Superwoman* respiraba pesadamente. Angel había vuelto a sorprenderse. Descubrió que no era mala jugadora de *frisbee;* aunque mi cinta de aeróbic no me había preparado para aquel ejercicio y sentí las primeras gotas de sudor veraniego deslizarse por mi espalda y llegar al hueco entre las caderas. En general, me lo estaba pasando bien. Corrí al interior para beber agua.

Angel debió de sentirse relativamente desafiada. Había retrocedido varios pasos hacia el camino y, mientras bajaba la escalera de regreso, giró la muñeca y el disco rojo salió volando. Una súbita corriente de aire que atravesó el camino rodeó al plano objeto y lo hizo planear más alto. Con un ruido sordo, el *frisbee* rozó la arista del tejado del porche y rodó hasta el espacio entre las ventanas de mi dormitorio.

—Oh, mierda —dijo Angel a modo de queja—. Oye, vuelvo en un segundo. Voy a secarme el sudor, que se me está metiendo en las heridas y me escuece.

—Claro —accedí—. Yo iré a por la escalera de mano.

Sentí escalofríos al acceder al garaje y abrir la puerta del cuarto de herramientas de la parte posterior. Sabía que los Younghood lo habían comprobado y habían registrado cada palmo de la propiedad antes de la noche anterior, pero, durante mis escasas horas de sueño, había tenido pesadillas con una oscura figura corriendo hacia mí con un hacha levantada en la mano.

Maniobré fuera del cuarto de herramientas con la larga escalera de mano y la cargué en el hombro hasta el frontal de la casa. Angel bajó los peldaños del apartamento con una expresión de afecto en la cara; la visión de Shelby durmiendo seguramente la había hecho enternecer.

Quité los seguros y mantuve la extensión en paralelo con la base de la escalera de mano, y con la ayuda de Angel me dispuse a ascender hasta el tejado. Como la casa estaba construida sobre cimientos altos, me llevaría mi tiempo.

—Lo siento —dijo Angel, algo azorada—. Sé que lo he tirado yo, pero si hay algo que no soporto son las alturas. Pero si te resulta complicado, puedo intentarlo, o puede hacerlo Shelby cuando se despierte…

La miré boquiabierta, antes de recordar mis modales y asentir con naturalidad.

—No pasa nada —dije con buen ánimo.

Ella pareció relajarse.

—Yo agarraré la escalera —dijo con la misma vivacidad.

Empecé a subir. No puede decirse que tenga miedo a las alturas, de hecho, no tengo ninguna fobia; pero era un buen trecho vertical y, como lo estaba haciendo en parte por Angel, me sentí en la necesidad de mantener los ojos hacia arriba y un progreso constante. Tenía la fuerte convicción de que detenerme no sería buena idea.

En realidad, puestos a pensar en ello, nunca había estado en un tejado. El del porche era muy abrupto. Nerviosa, pasé de la escalera a las tablas que lo conformaban, ya caldeadas por el sol de primavera. Nunca había estado tan cerca de ellas. Eché un buen vistazo a su tono gris pétreo mientras me esforzaba por alcanzar la cumbre. Me estiré y me aferré a ella con las manos, impulsándome con los lados de los pies, feliz de haberme puesto unas deportivas de última generación con suelas de goma. El disco debería estar en el tramo descendente del tejado, donde se unía al de la casa. Recordé el relato de la señora Neecy acerca de la conflictiva pareja que había construido la casa y la insistencia a última hora de Sarah May Zinsner para agregar un porche.

—Oigo que se acerca un coche, Roe —dijo Angel en tono contenido desde abajo.

Me quedé paralizada.

—¿Y qué hago?

—Ponte al otro lado de la arista.

Me arrastré por el tejado hasta el otro lado en un abrir y cerrar de ojos. Solo necesitaba un pequeño incentivo. En el hueco entre los dos tejados, que formaba un ángulo de cuarenta y cinco grados, donde la pared bajo las ventanas de mi cuarto hacía las veces de línea recta y la cuesta ascendente del tejado del porche marcaba el propio ángulo, se encontraba el llamativo disco junto a una vieja lona gris, tan parecida en su color a las tablas que tuve que caer en ella para percatarme de su presencia.

Oteé sobre la arista para ver lo que hacía Angel. Llevaba la escopeta en las manos y se encontraba en el interior del garaje, en el lado donde estaba aparcado el Mercedes de Martin. Podía ver acercarse el otro coche desde una buena distancia gracias al estropicio de Shelby con mis *forsythias*. El vehículo blanco me resultó familiar. Giró en el sendero de acceso al tiempo que Angel alzaba la escopeta. El coche blanco hizo crujir la grava a su paso durante su ascenso y se detuvo a pocos metros de mi coche, en la parte posterior del garaje. Se abrió la puerta del conductor y Martin emergió del coche.

Durante un segundo sonreí sin siquiera darme cuenta de que lo hacía.

Angel salió del garaje con la escopeta bajada y, si bien no podía oír lo que estaban diciendo, ella señaló hacia el tejado.

—¡Aquí arriba! —grité. Martin se giró y fue hacia la parte delantera de la casa sin dejar de mirar hacia arriba con curiosidad. Por una vez no llevaba puesto el traje y necesitaba un afeitado.

—¿Cómo estás, Roe? —preguntó.

Aún lo quería.

—Bien, Martin. Enseguida bajo. Toma el disco.

—Lo dejé caer por el hueco, donde estaban los dos.

Martin sacó el brazo como un resorte y lo cogió limpiamente.

—Aquí arriba hay algo más —anuncié—. Hay una especie de lona impermeable.

La expresión de Angel se inundó de alarma.

—¡No la toques! —gritaron Martin y ella a la vez.

—Lleva aquí ni se sabe cuánto —les tranquilicé—. Está llena de agujas de pino, excrementos de pájaro y tierra.

Las dos caras se me quedaron mirando algo más relajadas.

—¿Qué crees que es, material de construcción? —preguntó Martin.

—Pues eso voy a averiguar. —Maniobré para girar en el pequeño hueco en el que me encontraba. Habían instalado un canalón para aliviar el agua de la lluvia y el bulto se encontraba al margen del mismo, debajo de la ventana de mi dormitorio. De hecho, estaba tan cerca de ese tramo recto del tejado que comprendí por qué nunca había reparado en él: tendría que haber sacado la cabeza y los hombros por la ventana y mirar directamente hacia abajo.

La lona estaba rígida y ajada por el tiempo y la exposición a los elementos, afianzada por unos ladrillos. Cuando aparté uno y alcé una de las esquinas de la lona, toda ella se movió y pude ver lo que se ocultaba debajo.

Me llevó un instante comprender lo que veían mis ojos. Era como si alguien hubiese subido al tejado para comerse un costillar y hubiese tirado los huesos en un montón tras devorar la carne. Puede que más de uno; había muchos huesos. Primero vi las costillas. No eran nada atractivas a la vista, ni blancas, sino amarillentas, y presentaban pequeños fragmentos de material oscuro desecado en la superficie. Pero también había otros huesos, diminutos y alargados, una mano entera con tramos de tendones que aún se mantenían unidos. Los cráneos rodaron levemente, pero los contuve automáticamente.

—¿Roe? —llamó Martin desde abajo—. ¿Qué está pasando ahí arriba? ¿Te encuentras bien?

La brisa arreciaba de nuevo. Por primera vez en seis años soplaba debajo de la lona, agitando el pelo remanente en uno de los cráneos.

Quería salir de aquel tejado.

Me incorporé un poco, deslicé las piernas por la arista e inicié el descenso en tiempo récord.

—Roe —repitió Martin, ya totalmente alarmado.

Mis pies dieron primero con el escalón. Se me antojaron minutos interminables hasta que pude aferrar el metal de la escalera con las manos, y luego los pies descendieron casi en caída libre.

Martin y Angel me taladraban con sus preguntas simultáneamente. Me apoyé contra el metal, mis pies por fin en suelo firme, a una distancia segura del horror que yacía en el tejado.

—Están todos ahí —logré decir por fin—. Siempre estuvieron ahí.

Martin quedó confuso, pero Angel, que me había ayudado a registrar, lo comprendió enseguida.

—La familia Julius —explicó a Martin—. Están en el tejado.

Teníamos que contárselo a la policía. Angel guardó la escopeta y llamó por teléfono, tras lo cual la vi subir por las escaleras del apartamento, supongo que para avisar a Shelby.

Nos sentamos en una de las sillas del porche. Estaba doblada sobre mí misma en el regazo de Martin.

—Martin —susurré—. Todavía llevaba puesta la peluca. Pero solo quedaba el cráneo.

Se presentó todo el mundo. Era como una fiesta al aire libre para la policía del condado de Spalding.

Nuestra casa se encontraba justo en los límites de la ciudad, por lo que el jefe de policía fue el primero en llegar. Padgett Lanier tenía la nariz afilada, era alto, con un fino pelo rubio y cejas y pestañas casi invisibles; tenía barriga y una boca demasiado pequeña para su cara. Hacía veinte años que era el jefe de policía de Lawrenceton. Coincidí con él en varias fiestas cuando salía con Arthur Smith.

En ese momento estaba sentada en una silla apartada, aún en el porche, deseando mantener a todos lejos de mi casa. Martin había dejado su coche junto al mío y me cogía de la mano. Shelby y Angel estaban sentados en el propio porche, bloqueando la entrada principal mientras observaban la actividad con expresión impasible.

—¿Señora Bartell? —preguntó Lanier desde el jardín delantero.

—Señora Teagarden —le corregí.

—¿Es usted quien los encontró?

—Sí. Están en el tejado. Debajo de la lona de plástico.

—El hombre de las fotos debería llegar en cualquier momento —dijo. Sonaba como si estuviese hablando de Mr. Rogers;* Padgett Lanier era una de esas personas que creían que, por ser bajita, había que tratarme como a una niña. —Tendré que dejar que suba primero. ¿Tocó algo mientras estuvo allí arriba, querida? ¿Qué razón la llevó a subir? Ah, aquí viene Jack; así nos lo puede contar a los dos a la vez.

El sargento detective Jack Burns se nos acercó. No pude reprimir un resoplido cuando lo vi salir de su coche. Me odiaba a muerte; pero, por otra parte,

* Educador, pastor presbiteriano y presentador de televisión, famoso por su programa educativo infantil *Mister Roger's Neighborhood,* que se emitió durante tres decenios desde los años sesenta. Hoy es un icono nacional, a la par que objeto de bromas sobre el exceso de candidez.*(N. del T.)*

me trataba como a una adulta. Vestía uno de sus horribles trajes, que parecía comprar en mercadillos de garaje celebrados en oscuras noches. Miró la escalera de mano con expresión incluso más sombría de lo habitual. No parecía ilusionarle la idea de tener que subir por ella. Su incoloro cabello era más escaso que la última vez que nos habíamos visto y la carne se le hundía en el cráneo.

Justo detrás tenía a Lynn Liggett Smith, tan delgada, alta y competente como siempre, e iba acompañada del «hombre de las fotos». Aparcaron más coches detrás del de Lynn. Daba la impresión de que todos los que no estaban de servicio o no fuesen necesarios en ese momento se hubieran presentado en la casa de los Julius para ver lo que estaba pasando. Si eras policía, tenías que estar allí.

—¿Es que no hay más crímenes que investigar en esta ciudad? —susurró Martin—. Alguien debe de haber puesto un cartel para atraerlos.

—Probablemente la mayoría de ellos estuvieran aquí hace seis años —dije.

Tras pensarlo un momento, asintió.

Padgett Lanier intercambió unas palabras con Jack Burns y enviaron primero al fotógrafo. Lynn fue detrás para ayudarlo a transportar su material. Afortunadamente, llevaba pantalones holgados. Me miró a través de los peldaños mientras ascendía. Meneó la cabeza ligeramente, como si hubiese hecho otra travesura.

El jardín se sumió en el silencio. Todos los policías, que, aparte de Lynn, eran hombres, se quedaron mirando el tejado, por encima de nuestras cabezas. Se oía el raspado de los zapatos del fotógrafo en el tejado y la pausa al llegar a la arista y ver la lona. Dijo algo a Lynn; oí cómo ella respondía «toma» mientras le tendía su cámara desde la posición que ocupaba en la escalera. Desde mi posición solo le veía los pies. Intuí que tomó varias fotos y le oí pedir a la detective que levantase la lona, después el ruido de su avance por el tejado, y juro que oí el crujido de la rígida lona al ser levantada.

—Están apilados unos encima de los otros, Martin —murmuré—. Creo que están los tres.

—¿Huesos en su mayoría, Roe? —preguntó él con expresión tranquila, y sabía que era así porque era consciente de que yo lo necesitaba. Y porque había visto la muerte muchas más veces que yo.

—Sí, la mayoría. Su cráneo aún lleva puesta la peluca. Ya te lo dije. No lo entiendo.

—Probablemente sea sintética.

—No, no. No debería ser esa.

Me miró inquisitivamente y se me aproximó, pero en ese momento Lynn bajó por la escalera, se volvió a sus superiores y asintió secamente.

—Hay tres —dijo—. Al menos a juzgar por el número de cráneos.

Un suspiro colectivo pareció ascender desde todos los presentes en mi jardín.

—Jerry va a quitar la lona y hará más fotos —dijo.

Se fue hasta su coche y sacó una bolsa de basura grande. Llamó por señas a un agente uniformado, que se acercó rápidamente, y entre los dos extendieron la apertura de la bolsa. Hubo una serie de sonidos ásperos que delataban que el fotógrafo estaba retirando la lona.

—¡Necesito que alguien suba para bajarla! —pidió.

Jack Burns se arrastró al pie de la escalera y empezó a ascender pesadamente. Se había puesto unos guantes de látex.

Se tomaron el esfuerzo de bajar la lona doblada para no dejar caer nada de su contenido, pero crujía de vieja y tuvieron que recoger algunos pedazos de los arbustos que rodeaban el porche. Finalmente, la precintaron en la bolsa de basura y la guardaron en el coche de Lynn.

—Llame a quien esté de servicio para que dé parte a la funeraria Morrilton y que mande a alguien allí —ordenó al agente uniformado que le había ayudado a sostener la bolsa, quien asintió y fue a llamar desde la radio de su propio coche patrulla.

Algunos hombres se acercaron a Lynn para pedirle algo y, tras un momento para meditarlo, asintió. Convergieron al pie de la escalera de mano. Uno a uno fueron subiendo. Se oían las rozaduras de las pesadas suelas de los policías en el tejado, un silencio al llegar al tejado del porche y, luego, cómo bajaban. Así sucesivamente. Mientras tanto, Lynn se reunió con sus dos superiores en el porche. Shelby dispuso tres sillas frente a las nuestras. Angel ocupó la de Martin y él y Shelby permanecieron en pie a un lado del porche, donde Angel y yo pudiésemos verlos. Estaba claro que aquello no era del agrado de Jack Burns, pero no podía pedir a nuestros respectivos maridos que se marcharan cuando Angel y yo no éramos más que dos inocentes espectadoras de la tragedia de otra familia.

—¿Podríamos ir dentro? —preguntó con toda la amabilidad que pudo reunir.

Angel se había movido en su silla, como si fuese a levantarse, pero yo dije:

—La verdad es que preferiría que no.

Ella me lanzó una mirada perpleja e intentó acomodarse de nuevo como si nunca se hubiese movido. Vi por el rabillo del ojo que Martin parpadeó, sorprendido, y Shelby se giró a un lado para ocultar su sonrisa.

Lynn, Lanier y Jack Burns también parecían sorprendidos.

No quería que nadie invadiese mi casa.

—Bueno, se está muy bien aquí fuera —dijo Lanier con tono conciliador.

—¿Cómo es que subiste al tejado, Roe? —preguntó Lynn.

—Angel y yo estábamos jugando al *frisbee*.

Lanier nos miró de la una a la otra, comparando nuestras alturas, y se llevó la mano a la boca para taparse la sonrisa.

—Angel lanzó el disco y el aire se lo llevó hasta el tejado. Fui a por la escalera, ascendí, recuperé el disco y encontré… los encontré a ellos.

—¿Estaba usted allí, señora Younghood? —preguntó Lynn cordialmente.

—Yo agarraba la escalera. Me dan miedo las alturas.

—¿Qué le ha pasado en la cara, joven? —preguntó Jack Burns con afectuoso comedimiento.

—Me caí en la grava del camino —relató Angel, sus manos totalmente relajadas sobre los reposabrazos de la silla.

—Y usted, señor Bartell —preguntó Lynn sin previo aviso, girando sobre la silla para volverse hacia Martin—, ¿dónde se encontraba cuando su mujer subió al tejado? El señor Younghood también puede responder.

—Volvía conduciendo desde el aeropuerto. Llegué aquí cuando mi mujer estaba en el tejado —respondió Martin—. He estado fuera en un viaje de negocios.

—Yo estaba durmiendo —dijo Shelby.

—¿No trabaja hoy?

—Esta mañana me sentía mal y decidí no ir. La verdad es que empecé a sentirme mal de repente ayer por la tarde. Volví del trabajo y no he vuelto desde entonces.

Shelby había dado una excusa excelente para su repentina partida del trabajo cuando Angel lo llamó la tarde anterior. Una coartada «por si las moscas», pensé.

Lo cierto era que eso era todo lo que Lynn podía preguntarnos, dadas las circunstancias. Puede que, bien pensado, incluso hubieran sido un par de preguntas más de lo debido.

—Ahora me llevaré a mi esposa dentro, está conmocionada —declaró Martin.

Los coches de policía se estaban yendo uno a uno, pero los vecinos empezaban a llegar; alguien debía de estar escuchando por un *walkie-talkie.* Un coche fúnebre de Morrilton entró por el sendero de acceso y, de repente, me acuciaron las ganas de entrar en casa.

No había razón alguna para que me quedase, así que Lynn dio su aprobación con un gesto de la cabeza. Shelby y Angel entraron con nosotros. Martin echó las cortinas del salón para bloquear la vista de los curiosos que pasaban en coche por delante, de la policía y de los trabajadores de la funeraria. Pero nada impidió que escucháramos los sonidos procedentes del tejado.

CAPÍTULO 14

Estaba deseando que los Younghood se fuesen a su apartamento; estaba deseando olvidarme del loco del hacha y los huesos del tejado; estaba deseando ponerme una película antigua, acurrucada en el sofá, con un gran cuenco de palomitas y puede que una cerveza. Estaba deseando irme con Martin arriba después de la película, o puede que antes; pero, como comprobé con un suspiro, él tenía otros planes.

Nos reunió alrededor de la mesa de la cocina.

—¿Qué pasó ayer? —preguntó.

Se lo volví a contar y Angel relató su parte, siendo las heridas de su cara más testimoniales que sus propias palabras.

Me recosté en mi silla, malhumorada. Una noche de escaso sueño y dos días de emociones violentas se estaban cobrando su peaje. Me sentía muy cansada y harta de estar en crisis. Quería que todo desapareciese, al menos por un momento, para poder siquiera iniciar uno de mis lentos reajustes; pero no podía dejar de pensar en el hombre que había cargado contra mí y, ahora que estaba demasiado cansada como para sentir miedo, me centré más en su cara. Mientras Martin comentaba algo de la seguridad a los Younghood, algo sobre los arbustos, me percaté de que algo en mi asaltante me resultaba familiar. Lo asociaba a la construcción, a los edificios…

El teléfono sonó y acudí a la encimera para responder. Sally Allison quería saberlo todo acerca de los esqueletos del tejado; no llamaba como amiga, sino como reportera. Se lo conté.

—¿Sabías que la policía llamará al antropólogo forense para este caso? —me dijo—. ¿Sabías que Georgia es el único Estado con un antropólogo forense en nómina? ¡Es la primera vez que le sale un caso en el condado de Spalding! Llegará mañana.

—¿Crees que sería divertido si no se tratase de los Julius? —pregunté.

Silencio absoluto. Entonces Sally dejó escapar una risa insegura.

—¿Quién iba a ser si no, Roe? —preguntó a su vez, despacio, como si hablase con una lunática.

Pensé que si estuviese más descansada podría haber rebatido la idea con algo interesante.

—Da igual —dije—. Ya nos veremos, Sally. —Colgué y el teléfono sonó otra vez. Respondí a la llamada y luego volvió a sonar. Al final decidí silenciarlo y activar el contestador automático.

Me senté a la mesa, con los demás, que habían estado conversando en voz baja mientras tanto.

—Roe... —empezó Martin, y supe que estaba a punto de decirme lo que tenía que hacer.

—Martin —lo interrumpí—, creo que Angel y yo nos tomaremos unos días libres para irnos a Nueva Orleans.

Todos abrieron la boca a la vez. Era de lo más gratificante.

—Sé que tienes que irte a Guatemala y supongo que Shelby tendrá que volver a su trabajo en la planta antes de que los demás empiecen a hacer preguntas, así que lo mejor, teniendo en cuenta que no deja de sonar el teléfono, es que Angel y yo, ya que consideras que necesito tener guardaespaldas, nos vayamos a alguna parte. Y Nueva Orleans me parece una buena opción. Hace años que no voy por allí.

Martin me miró con recelo, pero dijo:

—No suena mal, Roe. ¿Qué te parece a ti, Angel?

—Me parece bien —asintió con cautela—. Puedo hacer la maleta y estar lista en media hora.

—Eso me daría tiempo para instalar algunas medidas de seguridad en la casa —indicó Shelby.

—No quiero encontrarme una fortaleza armada a mi regreso —le advertí.

Él ni siquiera miró a Martin, dicho sea a su favor.

—No haré nada hasta hablarlo con los dos —aseguró.

Asentí y me levanté con decisión. Los Young-hood hicieron lo mismo enseguida y se marcharon a su apartamento. Martin se fue al dormitorio para mirar a través de las cortinas.

—Se van —dijo sin volverse—. La policía y el coche fúnebre.

Aguardé.

Finalmente se dio la vuelta.

—Roe, ahora mismo no sé qué decirte. Nada ha salido según lo teníamos planeado. Yo quería que tuviéramos una buena vida, mantenerte y cuidar de ti. Jamás quise hacerte ningún tipo de daño. Pensé que podría mantener al margen lo de las armas; pensé que nuestra rutina sería ir yo a la planta, que a mi vuelta me contases cómo te había ido el día y disfrutar del sexo todas las noches.

Puede que yo también hubiese planeado algo parecido.

—Bueno, Martin, parece que no es exactamente lo que nos ha tocado. —Me acerqué y lo abracé, apoyando la cabeza en su pecho. Me estrechó con tanta fuerza que pensé que me haría chirriar—. Pero sería diferente si consiguieras desligarte del asunto de las armas… «Tendremos una oportunidad» —concluí para mis adentros—. Pero —proseguí— aún podemos cumplir con algunas de tus expectativas.

—¿Hmmm?

—Podemos hacer el amor todas las noches.

—Vayamos arriba.

—Buena idea.

Y allí me llevó.

Nueva Orleans. En Nueva Orleans, la magullada cara de Angel atrajo poco la atención. Ella me siguió, poco dispuesta, por el imponente nuevo Acuario de las Américas, junto a Canal Street; rechazó con mal humor un café helado con buñuelos en el Cafe du Monde; aceptó el servicio del Hyatt Regency con sereno desdén; cuando un hombre tatuado me agarró del brazo y me hizo una sugerencia tan bizarra y obscena que me aflojó la mandíbula, Angel apareció por detrás de mí, le presionó el brazo en un punto específico, justo por encima del codo, y me miró con torva satisfacción mientras el tipo se frotaba el brazo inutilizado y seguía su marcha.

—¿Qué estamos haciendo aquí realmente? —me preguntó cuando le compré a mi madre unos pendientes antiguos en una pequeña tienda del barrio francés.

—Hagamos el *tour* del cementerio —sugerí. Nos reunimos con el guía en un pequeño café cerca de la comisaría de policía. El establecimiento ofrecía una amplia gama de cafés selectos y llenos de encanto. El guía también estaba lleno de encantos, si bien de una manera más exótica, y me sorprendió sentir la misma curiosidad por su vida sexual que por el propio *tour,* que era ciertamente interesante —aunque no puedo decir que Angel pareciese muy impresionada—. Tras recibir las instrucciones de permanecer con el grupo, ya que se habían producido algunos atracos en el cementerio, la tranquila mirada de Angel y su actitud alerta me sugirieron que estaba deseando que alguien intentase hacernos algo.

—¿Qué hacemos aquí realmente? —preguntó, mientras comíamos en un restaurante cajún frente al centro de convenciones.

—Mañana iremos al zoo —sugerí.

Cuando volvimos al Hyatt, Martin me había dejado un mensaje de voz en el teléfono de la habitación: «Estoy aquí, lo intento con todas mis fuerzas y parece posible, aunque difícil», dijo. «Te echo de menos más de lo que puedo expresar con palabras». Los ojos se me empañaron con un súbito manto de lágrimas. Me senté en una esquina de la cama con un pañuelo de papel en la mano.

No era el mensaje que había esperado. Holgazanear por Nueva Orleans y pasar unos días agradables no iba a funcionar. Tendría que echar mano al plan B.

Debí llamar a Sally Allison, habría sido de enorme ayuda; pero, honestamente, nunca se me ocurrió.

—Mañana, Angel —dije—, iremos a trabajar.

—Ya era hora, maldita sea.

CAPÍTULO 15

Angel iba al volante. Se sentía muy cómoda y era muy competente conduciendo. Había cogido la suficiente confianza como para decirme que había tomado varios cursos de conducción para guardaespaldas. Nos dirigíamos hacia Metairie, un gigantesco suburbio de Nueva Orleans, donde Melba Totino había vivido con su hermana antes de mudarse a Lawrenceton.

En la guía telefónica de Metairie había una referencia a Alicia Manigault, la hermana de la señora Totino.

La señora Totino se había vuelto muy mustia al hablar de su antiguo hogar y la verdad es que yo tampoco fui capaz de encontrar demasiadas cosas que admirar de Metairie. Había cientos de pequeñas casas arracimadas en diminutas parcelas, sin encanto ni estilo alguno, salpicadas de vez en cuando por algún motel, centro comercial o restaurante. Tenía que haber sitios más bonitos en Metairie.

El calor ya empezaba a apretar y no pude reprimir un estremecimiento al imaginar cómo sería aquello en julio o agosto. El coche de alquiler contaba con aire acondicionado, pero aún me sentía pegajosa cuando salimos a la corta y estrecha calle donde vivía Alicia Manigault. Palmeras anquilosadas de maleza se elevaban aquí y allí en escasos jardines; todas las casas eran igualmente pequeñas y de una planta y, si bien algunas parecían impolutas, otras pedían a gritos reparaciones y una mano de pintura. Odiaría más que cualquier otra cosa imaginable tener que vivir en un sitio así. Solo estaba allí porque así tenía que ser.

La casa de techo bajo y plano que coincidía con la dirección de la guía telefónica estaba moderadamente cuidada. El césped estaba recortado, pero el jardín carecía de cualquier toque ornamental, más allá de algunas matas desperdigadas a lo largo del perímetro de la vivienda. La propia casa, antaño rojo granero, se estaba pelando, y el lado al que daba el sol de la tarde estaba mucho más pálido que el resto.

Angel salió del coche de alquiler verde oscuro y observó la calle inexpresivamente.

—¿Qué quieres hacer? —preguntó.

Toda la propiedad estaba circundada por una valla baja metálica. La puerta chirrió al abrirse.

No parecía haber timbre, así que llamé con la mano. El rápido latido de mi corazón me incomodaba.

Abrió una mujer joven.

Nunca la había visto antes. Era muy gorda, de aspecto corriente y llevaba un vestido holgado de talla enorme de alguna tienda de todo a un dólar.

—¿Qué desea? —preguntó. No parecía arisca, sino más bien ocupada.

—¿Está la señora Manigault en casa? —solicité.

—¿Alicia? No, no está.

—¿Es que no vive aquí?

—Bueno, es su casa —dijo la joven, parpadeando repetidas veces, con sus diminutos ojos azules, tras las gafas de montura a juego.

—Y usted se la alquila —aventuró Angel.

—Mi marido y yo, sí. ¿Qué quieren de ella? —Un extraño sonido a su espalda hizo que se volviera—. Oigan, pasen. Tengo un perro enfermo.

La seguimos hasta el salón más pequeño que jamás había visto. Estaba atestado con muebles de vinilo cubiertos con tapetes de ganchillo de una amplia variedad de diseños. Lo único que tenían en común era la sorprendentemente horrible combinación de colores. Angel y yo nos quedamos boquiabiertas.

—Lo sé —dijo la mujer con una escueta risa—, la gente alucina. Los vendo en ferias de manualidades los fines de semana, pero los que tengo aquí son mis favoritos. No soy capaz de venderlos. ¡Mi marido siempre se queja de que parece que pasamos frío en casa!

Se inclinó sobre un cesto que había junto a una puerta que, pensé, debía dar a la cocina. Cuando se irguió, llevaba en brazos a un diminuto perro negro con el hocico marrón. Un *manchester toy*, pensé que era.

—Kickapoo —dijo, orgullosa—. Así se llama.

Angel emitió un extraño sonido por la nariz y me di cuenta de que intentaba reprimir una carcajada. Yo estaba demasiado preocupada por la evidente enfermedad del animal. Se dejaba caer, inerte, en los brazos de su ama.

—¿Qué le pasa? —pregunté sin tener muy claro que en realidad quisiera saberlo.

—Se ha hecho daño —dijo—. Un hombre malo le dio una patada hace dos días, ¿a que sí, Kickapoo?

—¡Oh, es terrible!

—Kickapoo sería incapaz de matar a una mosca, ya lo ven —continuó la mujer, la indignación acumulada bajo los pliegues de su grasa—. No sé qué demonios se le pasó por la cabeza. —Asumí que se refería al agresor—. Estaría de mal humor ese día, porque nunca había hecho nada parecido.

—¿No fue su marido? —pregunté, incrédula.

—¡Oh, no! Carl adora al pequeñín —aseguró—, ¿a que sí, Kickapoo?

El perro no asintió.

—No, era un amigo de Alicia, el hombre que cobra el alquiler y gestiona sus asuntos. Nosotros cortamos el césped y nos encargamos de los pequeños arreglos, pero si surge algo gordo, llamamos… —Y paró en seco.

—¿Sí? —Le animé a seguir. La conversación me estaba aburriendo sobremanera hasta que la mujer se dio cuenta, evidentemente, de que no tendría que estar teniéndola.

—Nada. Si es que no paro. Y ni siquiera sé lo que desean.

Angel y yo íbamos bien vestidas ese día, ya que consideré que aplacaría a una anciana como Alicia Manigault. Me había puesto un traje ligero compuesto por una chaqueta blanca y falda azul marino y Angel llevaba unos pantalones negros a medida y una blusa azul zafiro con colgante y pendientes de oro, así que no resultó sospechoso que dijera que pertenecíamos a la Asociación de Mayores de Metairie, tal como hizo de repente.

—Oh —dijo la mujer—. Nunca había oído hablar de ella. Pero suena bien.

—¿Y usted es la señora? —inquirió Angel.

La mujer cogió un cuentagotas que había junto a una botella de medicamentos, en una mesa atestada de objetos. Vertió unas gotas del contenido en la boca del perro, que se las tragó obedientemente.

—Coleman —dijo, mirando al animal—. Lanelda Coleman.

—¿Entonces la señora Manigault no necesita ningún servicio de transporte entre su casa y el centro? —preguntó Angel.

—No, solo pasa aquí algunas semanas al año —nos explicó Lanelda Coleman.

Yo estaba totalmente perdida.

Abrí la boca para preguntar dónde pasaba el resto del año, pero mi acompañante me propinó una patada en el tobillo.

—En ese caso la dejaremos tranquila. Ya vemos que está muy ocupada —dijo Angel, comprensiva.

—Oh —dijo Lanelda—, y tanto. Nos horroriza que Kickapoo esté tan mal y hemos decidido llevarlo al veterinario. ¡Es que es tan caro!

Me removí, inquieta. ¿Adoraban al perro, pero aún no lo habían llevado al veterinario?

—Es verdad —coincidió Angel.

—Carl y yo nos hemos pasado la noche en vela con este pequeñín —comentó Lanelda, abstraída, con toda su atención puesta en el perro.

—El hombre que le hizo daño debería pagar la visita al veterinario —dijo Angel.

Me volví para mirarla.

De repente, el rostro de Lanelda se llenó de determinación.

—Creo que tiene toda la razón —decretó—. Lo llamaré tan pronto Carl vuelva a casa.

—Buena suerte —dije antes de marcharnos.

Nos detuvimos un momento junto al coche.

—Tenemos que hacer algunas preguntas —dije.

—Pero no de ella. Alguien le ha dicho que no hable de los asuntos de la casa, alguien a quien teme. No queremos que llame a quien sea y le diga que hemos estado husmeando.

—Entonces, ¿qué hacemos ahora?

—Sacamos el coche de la vista —dijo Angel— y vamos de casa en casa. Sus cortinas están echadas y ella está ocupada con el perro. Quizá no se dé cuenta. Nuestra excusa es que estamos tanteando a los mayores del vecindario acerca de la necesidad de un centro comunitario para proporcionar comidas calientes y transporte hacia el mismo a diario. Solo espero que Metairie no tenga uno ya. Tenemos que preguntar por las señoras propietarias del número veintiuno.

Alcé la mirada hacia Angel, admirada.

—Buena idea.

No guardaba el mismo entusiasmo una hora más tarde. Nunca había llamado a la puerta de extraños. Esperamos a que pasaran las cinco de la tarde para asegurarnos de que la gente estaba en casa; la mayoría de las madres de la zona seguramente eran también trabajadoras.

Fue una experiencia que, más tarde, desearía olvidar. Nunca tuve vocación de detective privada, era demasiado delgaducha. Los ancianos se mostraban suspicaces y los más jóvenes estaban demasiado ocupados a esas horas para prestar atención a mis preguntas o para tener una buena razón para perder el tiempo hablando con una desconocida. De hecho, me cerraron un par de puertas en las narices.

Una mujer que rondaba los sesenta, Betty Lynn Sistrump, sí que recordaba a las hermanas cuando vivían allí y podía decir que las conocía, siquiera superficialmente.

—Me quedé de una pieza cuando Alicia me dijo que Melba se había mudado —dijo la señora Sistrump. Vestía un albornoz y demasiado maquillaje para una mujer de su edad (o cualquier edad)—. Eran como gemelas siamesas o algo por el estilo. Siempre juntas, aunque en ocasiones tenían sus peleas.

—Entonces, ¿cree usted que la señora Totino vive en alguna otra parte de Metairie? —pregunté para mantener la escenificación—. Porque, si es así, nos gustaría contactar con ella para hablarle del centro.

—Alicia dijo que se volvía a no sé dónde más al norte, creo que dijo Georgia para vivir con su hija.

—¿Recuerda cuándo fue eso? —conseguí preguntar. Me sorprendía que para esa mujer Georgia estuviese tan al norte. ¡Georgia al norte! Si mi pelo hubiese estado más corto, se me habría erizado.

Cuando la señora Sistrump llegó a la conclusión de que habían pasado cinco años, más o menos, desde la última vez que había hablado con Alicia, a pesar de verla de vez en cuando entrando y saliendo de la casa, admitió que dejar de ver a las hermanas le había causado cierto dolor. Aquella fue la misma impresión que recibí de todas las personas de esa calle que aceptaron charlar conmigo.

Agotada por toda la experiencia, volví al coche de alquiler para encontrarme a Angel apoyada sobre el volante, la mirada perdida en el vacío. Angel gozaba de una gran facilidad para relajarse.

—Carl ha vuelto a casa —dijo—. Tiene que ser él. Entró sin llamar.

Necesité unos segundos para ubicarme mentalmente.

—Vale —dije, precavida.

—Lanelda dijo —me recordó Angel— que cuando Carl volviese a casa le hablaría de llamar al hombre que pateó al perro. Ese es el hombre que debe de saber dónde está Alicia Manigault.

—¿Y qué hacemos nosotras? —pregunté, insegura.

—Podría intentar colarme bajo la ventana para escuchar —propuso Angel, poco convencida—. O podemos limitarnos a esperar, a ver si aparece ese hombre. Tendrá que traerles el dinero de la visita al veterinario, ¿no?

—Un poco cogido por los pelos. ¿Y si el perro se ha muerto a lo largo de la tarde? ¿Y si el hombre se niega a soltar un centavo?

—¿Alguna idea mejor?

Bueno, podríamos volver a nuestro lujoso hotel y pedir un gran almuerzo. Pero no estábamos allí para eso, me dije.

Aún no había anochecido, pero el día se apagaba rápidamente. Mientras esperábamos a que oscureciera para que Angel tuviera un margen de maniobra, condujimos hasta el restaurante de comida rápida más cercano. Mientras nos comíamos unas patatas fritas y unos sándwiches de pollo en el coche, intercambiamos las historias de nuestras respectivas pesquisas casa por casa.

De la gente con la que había hablado Angel, solo dos propietarios recordaban a las hermanas, los demás habían llegado después de que Alicia alquilase la casa. Los dos relatos que Angel había recopilado coincidían en lo básico con el de Betty Lynn Sistrump. Cerca de seis años atrás, Alicia había comentado a los que les importaba tanto como para hacer preguntas que su hermana se había mudado con su hija. Poco después, Alicia alquiló la casa y solo aparecía esporádicamente desde entonces. Una mujer avispada, confinada a una silla de ruedas y dependiente de los acontecimientos del vecindario para distraerse, recordó que un coche de la policía había visitado la casa por aquel entonces, un hecho tan fuera de lo habitual que preguntó a Alicia al respecto la siguiente vez que la vio.

—Y casi me corta la cabeza por preguntar —le había dicho a Angel—. Supongo que metía las narices donde no me llamaban, pero ¿acaso usted no hubiese hecho lo mismo? Quiero decir, ¿y si hubiese sido un ladrón o un merodeador? Son cosas de las que el resto de vecinos deberían estar al corriente, ¿no cree?

—¿Y no te preguntó por qué una samaritana con la intención de averiguar si Alicia Manigault necesitaba transporte para un centro de mayores quería saberlo?

—No —respondió sin más—. Estaba deseando hablar con alguien. También quería saber si el autobús que los llevaría estaba equipado con soportes para sillas de ruedas. Tuve que decirle que todo estaba todavía en fase de planificación. Se quedó bastante desilusionada.

Desviamos la mirada, cada una en una dirección, perdiéndola en la distancia.

Angel apuró lo que quedaba de su Coca-Cola. No es que fuésemos Spenser y Hawk; ni siquiera Elvis Cole y Joe Pike.

—¿Está bastante oscuro? ¿Tú qué dices? —pregunté.

—Sí; pero he estado observando ese jardín y no creo que haya un solo sitio donde esconderme sin ser visible desde al menos otras cuatro casas.

—Hmm, tienes razón.

—Será mejor que vigilemos un rato. A lo mejor se presenta. Sea quien sea.

En el escaso rato que había llevado comprar la comida, volver y comerla, el carácter del barrio había cambiado por completo: había más coches aparcados junto a las casas; la pequeña calle estaba saturada de gente que había tenido que dejar el coche en el arcén; las farolas se habían encendido en la profunda noche y proyectaban nítidas sombras; había algunos niños jugando fuera. Angel tenía razón: merodear por la pequeña propiedad estaba fuera de lugar en un vecindario tan masificado como aquel. Ni siquiera se nos ocurría un modo discreto de permanecer sentadas en el coche y observar. ¿Cómo lidiaba la policía en lugares así? Y, claro, si nos poníamos a dar vueltas con el coche, tarde o temprano alguien albergaría sospechas.

Avanzamos un poco por la calle y nos detuvimos frente a una casa que aún estaba a oscuras y sin ningún coche aparcado. Miramos nuestros relojes y meneamos la cabeza: el lenguaje corporal de quien espera con impaciencia. Luego Angel observó el espejo retrovisor y yo hice lo propio con el lateral.

—Pensaba que estabas acostumbrada a estas cosas, Angel —dije.

—¿Y eso?

—Eras guardaespaldas.

—Entonces vigilaba a gente como yo ahora mismo. Buscaba a personas que estuviesen esperando a mi cliente. Nunca era yo la que esperaba.

—Oh. ¿Y qué le pasó a tu último cliente? Martin nunca me lo dijo.

Angel apartó la mirada del espejo para mirarme directamente.

—Y por una buena razón —dijo—. Créeme, no quieres saberlo.

Algo me decía que tenía razón.

Antes de lo imaginable, nuestra paciencia se vio recompensada. Carl debió de ser muy persuasivo o moralista por teléfono. Apareció en una ranchera blanca con un curioso diseño de llamas fucsias y verdes pintadas a los lados.

—No imagino dónde querrá aparcar —murmuró Angel—. Solo queda un sitio en toda la calle y está justo delante de nosotras ¡Mierda!, ¡qué estúpida he sido! ¡Agáchate! —Y, efectivamente, la ranchera maniobró justo hacia el espacio junto a la acera que había delante de nuestro coche. El conductor tendría que pasar justo a nuestro lado.

Me deslicé hasta el suelo del habitáculo y me reduje a una bola lo más comprimida posible. Como de costumbre, Angel se había recogido el pelo en una coleta. Tiró decididamente de la goma que la sostenía, se ahuecó el pelo apresuradamente y desplegó un mapa de Nueva Orleans con la misma prisa. Alzó el mapa, tapando parcialmente su cara, donde las magulladuras iban desapareciendo poco a poco y apenas quedaban algunas costras.

Oí cómo cerraban secamente la puerta de la ranchera y unos pasos pesados bordearon nuestro coche.

—¿Va hacia su casa? —susurré.

—¡Calla! ¡Sí!

Tras un prolongado instante, Angel dijo:

—Vale, ya puedes sentarte. Ha entrado.

—¿Has podido verlo bien?

—Sí. —Tenía una expresión muy extraña mientras se recogía el pelo en su habitual coleta—. ¿Por?

—Era el hombre que intentó matarnos.

¿El hombre del hacha confabulado de alguna manera con Melba Totino y su hermana Alicia? Eso quería decir que no tenía nada que ver con las aventuras latinoamericanas de mi marido; podríamos haber llamado tranquilamente a la policía cuando nos atacó. Podríamos estar en el lado correcto de la ley, en vez de en el de Martin.

—Bueno. ¿Lo seguimos? —preguntó Angel.

—Supongo que sí —respondí—. ¿Entiendes algo?

Angel meneó la cabeza; pero no parecía tranquila: su boca estaba comprimida en una línea más fina, si cabe, de lo habitual. Aferró el volante hasta que los nudillos se le pusieron blancos. No le gustaba nada que le hubieran dado una paliza; no le gustaba nada haber estado a punto de perder a una clienta; no le gustaba nada tener que haberles contado a Martin o a su marido lo que había pasado, y, en un aspecto más personal, sospechaba que no le había gustado nada que le hubieran estropeado la cara.

De sentirse básicamente indiferente acerca de lo que consideraba una obsesión personal mía, Angel había pasado a interesarse en el caso de los Julius con todo su ser. Así fue que las dos aguardamos ansiosas la salida del hombre de la casa.

—Será mejor que no estemos aquí cuando vuelva a pasar —advirtió Angel antes de encender el motor. Rodeamos la manzana hasta situarnos al otro lado de la calle, de modo que, cuando saliera, pudiéramos colocarnos a su espalda, a menos que hiciese algo imprevisto, como cambiar de sentido en esa estrecha y repleta calle.

Pude verlo por primera vez cuando cerró tras de sí la puerta de Alicia Manigault. Era alto y musculoso y más joven de lo que lo recordaba; vestía unos vaqueros y una camisa de trabajo con las mangas remangadas; su pelo era corto y rizado e iba completamente afeitado; Angel y yo éramos unas testigos de primera. Resultaba difícil asociar a ese trabajador americano por antonomasia con el maníaco capaz de esgrimir un hacha y que casi había acabado conmigo unos días atrás.

—Camina algo rígido —dijo Angel con alegría—. Creo que le dimos bien.

—Eso espero.

Avanzó hasta su ranchera y encendió el motor.

Salimos de Metairie y cruzamos el puente Huey P. Long en dirección sur. Al cabo de, por lo menos, treinta kilómetros, giró a la derecha y lo seguimos. No parecía vigilar que fuesen tras él, ni ninguna otra cosa.

—Aficionado —murmuró Angel. No sabía si estaba satisfecha, asqueada o airada por la falta de profesionalidad de nuestro agresor. Si era difícil seguirlo por la noche, no dijo nada.

Nos encontrábamos en una carretera estrecha con un brazo del río a un lado y casas al otro. En el brazo del río se alineaban embarcaciones con carteles de excursiones a los pantanos, prometiendo caimanes y una abundante vida animal. La mayoría de los carteles mostraban la palabra «Cajún». La iluminación no era muy buena, pero la ranchera blanca con llamas de vivos colores nos ayudaba a no perderle la pista. Finalmente redujo la velocidad y se adentró en uno de los estrechos senderos de acceso. Tuvimos que pasar de largo y tuve que esforzarme sobremanera para llegar a ver una especie de cabaña con un porche frontal protegido con una mosquitera. El hombre del hacha había aparcado en el garaje, que compartía con un Chevy Nova azul y una embarcación cubierta con una lona.

—Es el coche que estaba conduciendo en Georgia —aseguró Angel.

Seguimos conduciendo hasta donde consideramos que era adecuado y Angel aparcó en un lateral de la carretera. Intercambiamos miradas llenas de dudas.

Ninguna de las dos sabía qué hacer a continuación.

—Podríamos vigilar durante toda la noche o volver mañana. También podríamos llamar a Shelby desde una cabina. —Angel hizo un gesto con la cabeza hacia un bar cercano desde el que surgía música criolla y por el que pasaba un constante flujo de coches. Yo no pensaba meterme ahí.

—A ver si podemos averiguar más cosas antes de llamar a Shelby —propuse—. Quiero saber quién vive en esa casa.

CAPÍTULO 16

Al día siguiente llovía. Era una lluvia vaporosa e implacable que volvía el interior de nuestro coche húmedo y pegajoso, a pesar del aire acondicionado. Fuimos desde el Hyatt Regency, en la urbana Nueva Orleans, hasta la cabaña en el sur rural de Luisiana en una especie de salto cultural que sentó mejor a Angel que a mí. Cuando llegamos, la ranchera había desaparecido, pero el viejo Nova seguía aparcado en el mismo sitio que la noche anterior.

Había vecinos cerca de la cabaña. Los terrenos orientados hacia el brazo del río estaban bien valorados por su condición lindera con el agua, sobre todo porque la mayoría de sus ocupantes se ganaban la vida llevando a los turistas de excursión por los pantanos. Por otra parte, como los turistas eran algo común, no llamamos tanto la atención como hubiera cabido esperar. Una diminuta tienda de recuerdos, pegada a uno de los puntos de partida de las excursiones, ya estaba abierta. El hombre del interior, ataviado con prendas de camuflaje verdes y marrones, su áspero pelo negro formando desgreñadas ondulaciones, parecía un refugiado de alguna película de Rambo. Angel se pintó ligeramente los labios y salió del coche.

—Es más mi tipo —me dijo—. Veré lo que puedo averiguar. —La lluvia se había reducido a una finísima llovizna.

Aquella mañana había decidido prescindir de la goma y su pelo se derramaba alrededor de su estrecha cara. Con unos vaqueros ajustados, una camiseta de tirantes y sus zapatillas deportivas sería capaz de detener el tráfico si así se le antojaba, y al parecer ese era su plan. Se acercó a la ventanilla de la pequeña choza, apoyó los codos en el borde y, en menos de un minuto, se enzarzó en una animada conversación con el hombre del pelo negro, cuya blanca dentadura destellaba en una constante sonrisa. Angel sonreía, se encogía de hombros, se echaba hacia atrás el pelo y, en general, esgrimía un comportamiento atípico, pero parecía de lo más efectivo. Al encaminarse de regreso al coche, se volvió varias veces para mantener los últimos retazos de una insistente conversación.

—Ufff —dijo, aliviada, al entrar en el coche—. ¡Vaya si es cajún! Tenía un acento tan espeso que podías cortarlo o hipnotizar a los pájaros.

—¿Qué te ha dicho?

—Le he soltado un rollo… Que había conocido al otro tipo en un bar anoche y no sabía su nombre, pero que tenía una ranchera inconfundible y vivía en alguna parte de los alrededores. Le he dicho que perdí la servilleta con su nombre y su número de teléfono, pero que quería llamarlo antes que él a mí porque sospechaba que estaba casado. Quería asegurarme antes de salir formalmente con él.

—¿Y?

—El tipo de la tienda de recuerdos quería que me olvidase del otro y que saliese con él, pero le he dicho que había prometido al otro que quedaríamos esa noche, aunque le mandaría a tomar viento si descubría que estaba casado. —Angel dibujó un círculo en el aire para indicar cuánto le había costado el juego—. En resumen: el tipo del hacha vive de alquiler en la cabaña desde hace un par de años. Nadie que no sea cajún posee ninguna casa de esta calle, por cierto, porque, según alguna ley, las casas son familiares y nadie las vende nunca, pero en esa en particular el hijo está en el Ejército y quiere que alguien viva en ella hasta que vuelva del servicio o algo así.

—¿Te dijo cómo se llama?

—Al parecer es Dumont, o algo parecido. Trabaja en el almacén de madera que hay a menos de cinco minutos de aquí. Y está casado; o, al menos, vive con una mujer. Rene dice que ha oído que es bastante agresivo. Me ha aconsejado que me aleje.

—No sabría qué hacer ahora —observé, tras mirarnos durante un instante—. ¿Por qué un hombre llamado Dumont iba a atacarnos con un hacha? ¿Por qué gestiona él los pagos del alquiler de Alicia Manigault? ¿Dónde está ella? No puede estar muerta si aparece cada año durante unas cuantas semanas y se aloja en esa casa con los Coleman y el perro.

—Y, ya que estamos con las preguntas, ¿qué tiene todo esto que ver con los cadáveres de tu tejado? —añadió Angel—. Creo que deberíamos preguntárselo a alguien que quizá tenga la respuesta.

Me tomé mi tiempo para meditar una alternativa, pero cuanto más lo hacía más me convencía de que esa era la única manera de resolverlo. Al menos el hombre del hacha se había ido y quizá en su ausencia encontrásemos algo que explicase su agresión; pero, una vez descubierta la razón, no tenía ni idea de lo que haríamos con ella.

—Alguien me ha atacado con un hacha y quiero saber por qué —declaró Angel. Me miraba de soslayo, notando mi vacilación.

Aquello era una cuestión de orgullo para Angel.

—Pues vamos a llamar a la puerta —me decidí.

Hicimos un breve reconocimiento del terreno. No había ningún coche en las casas adyacentes a la cabaña. Nos miramos y nos encogimos de hombros.

Avancé con determinación por el sendero de acceso. Iba al volante, con Angel agazapada en el suelo del habitáculo. Aparqué lo más cerca que pude del viejo coche, de modo que la puerta del copiloto no fuese visible desde la ventana frontal. Tan pronto como entrase con la mujer, distrayéndola tanto como me fuera posible, Angel se deslizaría fuera del coche para husmear en la parte posterior. Había arbustos de sobra en el jardín para proporcionarle cobertura. Si el aire acondicionado no estuviera ya en marcha, quizá hubiese una ventana abierta para que Angel oyese el alboroto en caso de meterme en problemas.

Era lo más parecido a no tener ningún plan.

Me sudaban las palmas de las manos cuando salí del coche. Aún llovía como para mantener a raya a los turistas: el puesto de embarque para las excursiones por el pantano, al otro lado de la calle, estaba desierto. Me apreté el bolso bajo el brazo, como si fuese un amigo, y avancé hacia la cabaña, haciendo crujir el porche cubierto, y llamé al timbre.

Esperaba que la mujer que abriese la puerta fuese dura, quizá chabacana y mal hablada. Aunque nerviosa, estaba preparada.

Pero para lo que no estaba lista era para que me abriese la puerta una mujer muerta.

—¿Sí? —dijo Charity Julius.

Ella reaccionó mucho más deprisa que yo, no cabe duda.

La expresión de mi rostro y mi mandíbula aflojada dejaron claro que la había reconocido. Ella no sabía quién demonios era yo, pero sabía que la había identificado.

Justo cuando Angel se deslizaba por uno de los laterales de la casa en dirección a la parte de atrás, la mujer me propinó un puñetazo en el estómago que me dobló y, mientras me encogía de dolor, me golpeó en la parte de atrás del cuello con los puños cerrados. Angel intentaba escuchar por la ventana del baño mientras Charity Julius me arrastraba hasta el dormitorio y me encerraba en el armario donde suponía que el dueño solía guardar las armas. Estaba equipado con un candado exterior muy alto. Cuando Angel empezó a preocuparse por no oír mi voz, Charity llamó al trabajo al hombre del hacha, que no tardó nada en volver con su llamativa ranchera.

Estaba dolorida, pero consciente en ese oscuro armario, que parecía estar lleno de objetos duros y abultados. Conseguí ponerme de pie despacio y con dificultad y estiré la mano hacia lo alto. Me vi recompensada por el tacto del cordel de una bombilla. Tiré de él y miré a mi alrededor en el resplandor repentino.

Había ropa pasada de moda apiñada a un lado y el otro estaba ocupado por material de pesca. El suelo estaba cubierto con botas, desde las de cuero con punta reforzada de acero hasta las de pescador, de corte más alto.

Deseé que Angel no tardase en venir, pero cabía la posibilidad de que algo le hubiera pasado a ella también. Más me valdría encontrar algo que pudiera usar como arma. Las cañas de pescar se negaban a romperse para formar palos de longitud más práctica, hasta que encontré una más vieja de bambú. No sin esfuerzo, conseguí reducirla a un palo de un metro. El extremo grueso pesaba mucho y sentí que, si conseguía espacio suficiente para coger inercia, podría causar bastante daño.

—¿Qué estás haciendo aquí? —preguntó Charity Julius desde el otro lado de la puerta. Me pareció más prudente no responder.

—Nos vamos a encargar de ti, seas quien seas —añadió con voz rasgada—. Nadie nos ha encontrado en todo este tiempo y solo quedan cuatro meses para que nos den el dinero. No hemos esperado todos estos años para nada.

Me apoyé contra la puerta.

—¿Quién es el cadáver del tejado, si no eres tú? —pregunté. La curiosidad era demasiado poderosa.

—¿Los han encontrado? —Ahora era Charity la pasmada—. Oh, no —dijo en voz tan baja que casi se me escaparon sus palabras.

Me preguntaba por qué la señora Totino no había llamado a su nieta. Tenía que saber que Charity estaba viva, la presencia de su amante viviendo con ella lo demostraba. Entonces, ¿por qué Charity no sabía nada?

Me removí incómoda en el estrecho y atestado espacio. ¿Por qué tardaba Angel tanto? Una mirada a mi reloj me reveló que ya habían pasado quince minutos.

Sentí que las cosas no acabarían bien para mí cuando oí la voz del hombre al otro lado.

—¡Harley! Está en el armario —dijo Charity Julius, y otra pieza encajó. Harley Dimmoch quería que su familia solo llamase en horas concretas porque así sería él, y no Charity, quien cogería el teléfono. No les permitía visitas sin avisar con mucha antelación porque era la única forma de sacarla de la casa.

—Veamos quién es —estaba diciendo y el chasquido de la llave en la cerradura fue el único aviso que obtuve. Levanté el trozo de caña y me lancé fuera del armario, lo cual casi me valió un tiro. El joven de pelo negro sostenía un revólver nada desdeñable que disparó ante mi súbita aparición. Afortunadamente para mí, le alcancé con el palo en el estómago y el tiro se desvió hacia arriba. Al menos dejó claras las cosas a Angel, que entró por la puerta trasera como una exhalación.

El pequeño dormitorio se llenó de gritos, movimientos frenéticos y miedo por el revólver.

Charity estaba tan ocupada intentando reducirme que no se dio cuenta de la presencia de Angel hasta que esta justificó todo su entrenamiento en artes marciales con una patada en su rodilla, una maniobra decisiva, ya que gritó y se dobló de dolor al momento. Permaneció sollozando en el suelo.

Harley Dimmoch me había agarrado del brazo con la mano libre e intentaba apuntar la pistola con la otra cuando Charity soltó el grito. Vio cómo caía al suelo y observé que su gesto se torcía de desesperación. Giró el brazo para apuntar hacia Angel, pero ella se lo agarró y le retorció la muñeca en el sentido de las agujas del reloj con un movimiento curiosamente delicado de los dedos. Se acercó a él, colándose bajo su hombro y, tras retorcérselo y estirárselo en lo que se me antojó una postura muy dolorosa, le dio una patada en la pierna y siguió tirando de su brazo mientras se dejaba caer, hasta dislocárselo (o puede que rompérselo).

Gritó y se desmayó.

El revólver yacía en el suelo, junto a su brazo inutilizado. Lo metí en el armario donde había estado cautiva con el extremo del palo y cerré la puerta. Angel y yo nos miramos mientras respirábamos pesadamente y sonreímos.

—Estúpida —dijo—, si la pistola no se hubiese disparado yo seguiría ahí fuera preguntándome qué estaba pasando.

—Estúpida —respondí—, si hubieses sabido que había vuelto a casa, podrías haberle atacado en el camino de acceso y no habría tenido la oportunidad de apuntarme con un arma.

—¿Qué demonios te ha pasado? ¡No oí nada desde que me fui por detrás!

—Me golpeó en el estómago y luego en el cuello —expliqué, señalando a la mujer que se agarraba la rodilla en el suelo—. Te presento a Charity Julius.

Por un segundo, el rostro de Angel reflejó el mismo asombro que yo minutos antes.

—Entonces, ¿el del hacha —dijo— es Harley Dimmoch?

—Así es.

Charity intentó incorporarse apoyándose en una de las mesillas de pino baratas, pero se derrumbó otra vez en el suelo con el rostro pálido y envuelta en sollozos de dolor. Reconfortarla era lo que menos me apetecía en el mundo y, además, ella se hubiera alegrado de verme en su lugar; pero, aun así, me sentía incómoda, por decirlo de alguna manera.

Angel salió un momento de la habitación y volvió con un rollo de densa cinta aislante plateada y un par de tijeras. Inmovilizó con la cinta, con suma eficiencia, las muñecas y los tobillos de Charity Julius. Yo la agarré mientras Angel trabajaba, asqueada por tener que tocarla.

Al parecer, el disparo no había atraído ninguna atención, nadie se presentó ni llamó a la puerta. Las tres nos calmamos poco a poco. Charity recuperó el autocontrol. Sus amplios ojos negros nos repasaron de arriba abajo.

—¿Y ahora qué? —preguntó.

—Estamos pensando —repuso Angel. Menos mal. Yo no tenía ni idea de lo que vendría a continuación; pero, obedeciendo a un impulso irresistible, me incliné hacia delante, le miré a la cara y pregunté:

—¿De quién es el tercer cadáver?

Cerró los ojos un momento. Debía de tener veintiún años, pero parecía mayor.

—De mi abuela —dijo.

—Entonces, ¿quién es la mujer que vive en Lawrenceton?

—Mi tía abuela, Alicia.

—Dime —exigí con determinación—. Dime lo que pasó ese día. —Por fin, por fin, de entre todas las personas que nos lo habíamos preguntado, sería la primera en saber la verdad. Me sentía como si estuviese a punto de descubrir la auténtica identidad de Jack el Destripador, o como si tuviese la oportunidad de ser una mosca en la pared en un día de 1892 en Fall River, Massachusetts.

—Mi tía abuela estaba de visita. Dormía con mi abuela en su apartamento.

—¿Cómo llegó?

—En autobús. Mi padre la recogió en Atlanta. Llevaba tres días allí.

—¿Cómo es que nadie lo sabía?

—¿Y quién iba a saberlo? ¿A quién le importaba? No teníamos muchas visitas, sobre todo porque mi madre estaba muy enferma. No hablaba de ello en la escuela. ¿Por qué iba a hacerlo? Y mi padre había estado trabajando en el tejado durante tres días, intentando acabarlo. Tener que recogerla era todo un fastidio, un estorbo, pero como mi madre y mi abuela querían que estuviese con ellas, accedió.

Harley había venido a visitarme y a ayudar a mi padre. Dije que estaba enferma y no fui a la escuela. No creo que colase, pero sabían cuánto lo echaba de menos y estaban dispuestos a darme ese capricho.

Su gesto se había endurecido mientras lo relataba. Deseaba no sentir nada, como se había obligado durante todos esos años.

—Harley... ¿Crees que está bien? Tiene muy mal aspecto; deberíais llamar a una ambulancia —le pidió a Angel en vez de a mí.

—Está bien. Respira —dijo Angel con evidente indiferencia, pero me di cuenta de que le tomaba el pulso cuando Charity apartó la mirada.

—Harley estaba en el tejado con mi padre, trabajando con el martillo. Era el día que iban a echar el hormigón en el patio y se habían pasado la mañana construyendo el armazón. Mi padre insistió en que

Harley le echara una mano y a él no le importó, aunque había venido a verme y tendría que volverse a casa sin que pudiéramos hablar mucho. Mi padre parecía no comprenderlo; era como cuando vivíamos cerca de Harley y él iba a ayudarlo todo el tiempo, pero entonces podíamos salir juntos y alejarnos de todos. Arriba en el tejado, mi padre se puso con ese rollo de iglesia por el que Harley tendría que dejar de beber y aprender a controlar su temperamento si quería casarse conmigo, cosa que ambos queríamos. Y le recordó todo lo que dice la Biblia para que se abstuviera de ponerme las manos encima antes del matrimonio. —Dio un profundo suspiro y se movió para intentar ponerse más cómoda—. ¿Me puedes traer una almohada o algo?

Angel llevó una almohada de la cama y la colocó bajo los hombros de Charity. Era tan llamativa como sugería la foto del periódico, incluso más fuerte, con amplios ojos negros y una mandíbula que le confería mucho carácter. Y qué carácter, estaba descubriendo.

—Así que —prosiguió— Harley decidió que, aquel tejado, a solas con mi padre, era el mejor lugar para decirle que ya nos habíamos acostado. —Puso los ojos en blanco, la viva imagen de una adolescente exasperada. Tonto de Harley—. Mi padre perdió los estribos. No paraba de gritar y agitar el martillo, diciéndole que se marchara y que nunca volviese a verme. Harley se asustó y se enfadó, y también agitó su martillo, matando a mi padre de un golpe en la cabeza. Allí arriba, en el tejado.

Cerré los ojos.

—Luego, Harley bajó y me lo contó. Mi madre había ido a visitar a mi abuela y a Alicia al apartamento y no había oído nada.

Su rostro se arrugó de dolor y yo sentí otra punzada de culpa. ¿Qué íbamos a hacer con esa gente? Pero ella se recompuso y prosiguió. Algo me decía que sentía cierto alivio al compartir ese secreto.

—Sabía que mi madre lo contaría y que Harley iría a la cárcel. No volvería a verlo. Así que le dije que volviese a subir y que, cuando volviese mi madre, le dijera que se asomase por la ventana de la habitación porque los dos querían enseñarle algo. Cuando asomó la cabeza, Harley le dio un martillazo también. —Debió de leer algo en mi expresión, porque añadió—: Mi madre estaba muy enferma. Iba a morir de todos modos.

Y no se halló rastro alguno de los asesinatos en la casa porque se produjeron fuera de esta.

—¿Y qué pasó con tu abuela? —inquirió Angel.

—Bueno, sabía que no se callaría lo de mi madre —dijo Charity con aspereza—. El tema parecía ir a más y más. En todo caso, siempre había sentido más afecto por Alicia. Ni a Harley ni a mí se nos ocurría qué hacer, así que le conté a mi tía abuela lo que había pasado. Ella y mi abuela nunca se habían llevado demasiado bien y compartir la casa de Metairie había empeorado su relación. Apenas tenían dinero o amigos y ella ya había suplantado la identidad de mi abuela una o dos veces anteriormente sin que la descubriesen. Decía que nadie era capaz de distinguir a las personas mayores. Lo primero que se le pasó por la cabeza fue el dinero. Nos dijo que podríamos aprovechar la situación y buscarnos una vida mejor en vez de ir a la cárcel, que mis padres no hubiesen querido que me encerrasen. Llamó a mi abuela y le contó que mi madre estaba en su habitación y que se sentía muy mal. Mi abuela subió deprisa las escaleras y cuando entró en el cuarto para ver qué pasaba la agarré, le saqué la cabeza por la ventana y Harley se encargó de ella.

Se me revolvió el estómago.

Por mí, hubiese dejado de escuchar la historia, pero a esas alturas ya no podía pararla.

—Nos sentamos en la cocina y hablamos. Harley estaba como loco. No sabíamos qué hacer con los cuerpos, ni qué decirle al señor Engle, que en dos horas llegaría para echar el hormigón. Entonces se nos ocurrió que podríamos dejarlos donde estaban. Harley propuso que les echásemos cal. Es lo que hizo su padre cuando el perro de la familia murió; no quería que otros animales viniesen a husmear en la tumba. Y si los dejábamos en el tejado, atraeríamos a las aves carroñeras. Así que nos fuimos a Atlanta y compramos la cal y una lona gris. Harley se había manchado la ropa con sangre, así que decidió ponerse unas prendas de mi padre. Al volver, lo dejó todo en el tejado y esperó.

»Alicia sabía que nadie estaba al corriente de su presencia allí, así que suplantó a mi abuela. Me dijo que si me ponía la peluca de mi madre el señor Engle no me distinguiría de ella desde la distancia; pero también tenía que verme como yo misma. Le diríamos que mi padre había salido a hacer un recado. Harley escondió la camioneta detrás del garaje mientras el señor Engle estaba allí y salió para hablar con él mientras yo corría arriba y me ponía la peluca dominical de mi madre. Ella tenía puesta la otra. —Por un segundo, la dureza se resquebrajó en el rostro de Charity Julius y pude atisbar el horror que ocultaba—. Deambulé por la cocina para que el señor Engle me viese mientras Alicia fingía ser mi abuela.

Siempre me había preguntado por qué Hope Julius llevaba puesta la peluca de los domingos cuando Parnell la vio trabajando en la cocina, si Sally la había visto en su soporte cuando le permitieron echar un vistazo por la casa al día siguiente y yo había visto la de diario, con su pelo sintético agitado por la brisa en el tejado.

—¿Cómo desapareciste? —pregunté.

—Fue mi tía abuela quien pensó que debía hacerlo. Esa noche nos sentamos a planearlo. Harley tenía que volver a su casa como si nada hubiese pasado. Para entonces, ya había lavado y secado su ropa. Se la puso y metimos la que había tomado prestada de mi padre en una bolsa de basura… Podría haber pelos o rastros de Harley en ella. Me metí en el coche con él sin llevarme prácticamente ninguna de mis pertenencias, apenas una muda, porque Alicia dijo que tenía que parecer que había desaparecido de improviso. Dejé la peluca de mi madre en su soporte. Mi pelo se parece mucho al de mi madre, así que no me pareció importante que encontraran pelo mío en su peluca. Luego, Harley, de vuelta a su casa, me dejó en la estación de autobuses. Llevaba conmigo la llave de la casa de Metairie. Gastamos todo el dinero que tenía mi madre en el bolso para comprar el billete.

—La policía comprobó todas las estaciones de autobús dentro de un radio razonable —objeté.

Me había puesto un viejo par de gafas de mi madre y una almohada bajo la ropa para que pareciese que estaba embarazada —dijo Charity, más bien orgullosa—. Eso descolocó del todo a Harley. Casi se muere de la risa.

Por primera vez crucé la mirada con Angel. Sentía las mismas náuseas que yo. Había perdido todas las ganas de conocer más detalles.

Pero ella siguió hablando, a pesar de que Harley no se movía ni gemía. Se quedó en la casa de Metairie durante un par de días, comiendo solo lo que había en la despensa, sin salir a la calle para nada. A la tercera noche, muy tarde, salió de la casa para hacer una llamada desde la cabina de una tienda, a pocas manzanas, a su tía abuela, pidiéndole que le transmitiese un mensaje a Harley. Sus padres podrían hacer preguntas si una joven llamaba a su casa. Harley podría reunirse con ella tan pronto como la investigación perdiese fuerza, quizá en un mes, pensaron los dos.

—No podía quedarme en esa casa durante tanto tiempo, sabía que alguien acabaría viéndome —dijo Charity—. Me estaba volviendo loca.

Apostaba a que eso era verdad: encerrada en una casa, obligada a pasar desapercibida, encerrada con los recuerdos de su familia.

—¿Y qué hiciste?

—La tía Alicia cobró uno de los cheques de mi abuela y me mandó el dinero a un apartado de correos de Metairie. Cuando lo recogí, me fui a Nueva Orleans, alquilé una habitación y me busqué un empleo. Nunca había hecho nada parecido antes. —Parecía más orgullosa aún—. Les di el nombre de Harley y su número de la Seguridad Social. Suponía que una chica también podía llamarse Harley y era un auténtico número de la Seguridad Social. Lo llevaba apuntado en la cartera. Lo sabía todo acerca de Harley.

—¿Se reunió contigo cuando consideró que era seguro? —Angel quería ir al grano de la confesión. Ella (y Harley) se removían, inquietos.

—Y además encontró trabajo en el almacén de madera. Luego alquilamos esta cabaña. Y aquí he-

274

mos estado durante todo este tiempo. Hasta que nos encontrasteis. ¿Quién demonios sois vosotras?

—Soy la dueña de la casa de los Julius —dije.

—Oh, eres esa de la que me habló Alicia por teléfono. La misma de la que Harley tenía que encargarse. La que hacía demasiadas preguntas y tenía demasiado tiempo libre.

Tampoco me hubiese importado que Angel no hubiera entrecerrado un ojo.

—Pero dijo que la había cagado; que le ponía muy nervioso volver al lugar donde alguien pudiera reconocerlo y volver a hacerlo. Estaba furioso. Escuchad, sé que probablemente os dé igual, pero me duele muchísimo.

—¿Por qué no se limitó tu tía abuela a vender la casa y dejar el número de teléfono? —Era una pregunta a la que realmente deseaba hallar respuesta.

—Ella y mi abuela tenían que estar juntas para venderla, eran copropietarias, y si Alicia cortaba la línea, ¿dónde se suponía que iba a estar? La gente la llamaba de vez en cuando y tenía que recoger el correo de alguna manera. Así que se le ocurrió la idea de alquilársela a ese saco de carne de la hija de su prima para sacar algo de dinero hasta que se arreglasen los papeles de la propiedad ¡cuatro meses! ¡Casi lo conseguimos!

Su actitud confesional se transformó, de repente, en un odio concentrado y dirigido hacia mí. De hecho, consiguió echarse hacia mí, a pesar de la rodilla rota y de sus manos atadas. Me pregunté si era verdad que era Harley el que había usado el martillo en los tres asesinatos.

—Ya he tenido suficiente —dijo Angel, ajena a la desesperación de Charity—. Si el forense analizó los huesos al día siguiente de encontrarlos, sabrá que uno de los esqueletos no es el de Charity. Ha tenido que dar parte de que pertenecen a una anciana. En ese caso, ¿a quién interrogaría primero la policía?

—A la mujer que creen que es la señora Totino.

—Precisamente. Entonces, ¿por qué no ha llamado a estos dos para avisarlos? ¿Cómo es que no les ha dicho que encontramos los cadáveres?

El rostro de Charity delataba que se estaba haciendo la misma pregunta. Lamentaba no haber llamado a Sally Allison. Hubiera obtenido mucha información. Podría haber llamado a la policía de manera anónima si hubiera imaginado que Charity Julius seguía viva; no me habría asombrado tanto la confrontación con una mujer que había creído muerta durante los últimos seis años. No estaríamos en la extraña situación en la que nos encontrábamos.

—La deben de haber puesto bajo custodia o la estarán vigilando tan de cerca que creerá que le han pinchado el teléfono —aventuré—. Apuesto a que, de todos modos, nunca llamó a estos dos desde su propio teléfono.

—¿Crees que Alicia confesará?

—Estoy convencida. No porque sea frágil, sino porque querrá compañía, tener a alguien a quien echar la culpa de los asesinatos. Sí, en cuanto pongan en duda su identidad, no podrá seguir fingiendo que es Melba Totino, al menos no por mucho tiempo.

—Esto va a ser horriblemente difícil de explicar —comentó Angel.

Era obvio.

—Tengo que ir a un hospital —dijo Harley, de manera bien audible.

Estaba malherido, igual que Charity, y que me llevase el demonio si sabía qué hacer con ellos.

—A Shelby no le va a gustar un pelo que me arresten por agresión —dijo Angel. Dudaba mucho que Martin se alegrara de que me pasase lo mismo.

—Esto es lo que vamos a hacer —explicó Angel a sus pálidas víctimas—. Nos iremos y llamaremos a la policía desde una cabina.

—¿Y en qué coño nos beneficiará eso a nosotros? —restalló Harley.

—En una cosa, imbécil ingrato: te llevarán a un hospital. Ahora, quiero resaltar que podríamos dejaros aquí pudriéndoos, o liquidaros, y os aseguro que nadie os echaría de menos.

Me volví para que los asesinos no pudieran ver mi expresión sobrecogida.

—Les contaremos lo que nos habéis hecho —escupió Charity—. Os meterán en la cárcel.

—Te equivocas, y te diré por qué —respondió Angel con calma—: no le contaremos a la policía que Harley intentó matarnos. Estamos muy vivas y podemos contarlo, así como identificarlo, así que, tan pronto como les digáis a los polis lo nuestro, nosotros les diremos lo vuestro. Así, solo afrontaréis un juicio por unos cargos antiguos, sin testigos o pruebas recientes.

No era demasiado, pero algo es algo, y al final accedieron. ¿Qué alternativa les quedaba? Limpiamos mis huellas del fragmento de caña y cualquier otro objeto que hubiera podido tocar en el armario y, no sin asombro, vi que Angel se ponía unos guantes de látex. Empezaba a sentirme incómoda, como una criminal.

No preguntaron por qué no informamos a la policía sobre el ataque de Harley, a Dios gracias.

Salimos de la casa y no intercambiamos palabra hasta llegar a la tienda más cercana. Angel volvía a estar al volante y aparcó en un lateral, de modo que el coche de alquiler no quedase a la vista del empleado del mostrador. Salió e hizo una llamada, y yo aguardé con la mirada perdida, hundida en mi asiento.

Hicimos el resto del trayecto sumidas en el mismo silencio. Cuando llegamos a nuestra habitación del Hyatt, a años luz de la cabaña junto al brazo del río, Angel dijo que estaba hambrienta y me di cuenta de que yo también. No escatimamos en nuestro encargo al servicio de habitaciones y, mientras esperábamos a que nos lo trajeran, nos turnamos para ducharnos y lavarnos la ropa, como si así pudiésemos desprendernos de la experiencia de esa mañana.

Me sentía deprimida y cansada, y solo eran las doce. Angel, por el contrario, parecía envuelta en un fulgor triunfal. Para ella, pensé, la mañana había servido de revancha. Había protegido mi vida con éxito y demostrado su valía, su eficacia; pero el triunfo se había visto deslucido por el sufrimiento de la repugnante pareja de la que me había salvado; no era tan fría como para sentirse indiferente. Cuando nos trajeron la comida, la devoramos como si no hubiese un mañana.

—¿Crees que hablarán? —preguntó Angel mientras saboreábamos el postre.

—No lo sé —admití—. Es un tiro a cara o cruz. Volvamos a casa.

—Buena idea. Llamaré a la compañía aérea cuando me termine la tarta.

Una hora después, estábamos de camino al aeropuerto.

CAPÍTULO 17

No pudimos zafarnos de la lluvia ese día. Diluviaba en Atlanta. Shelby había conseguido acercar, de alguna manera, el coche (el Mercedes de Martin) a la puerta. Cargamos el equipaje y nos metimos en él en tiempo récord. Angel y Shelby se alegraron mucho de reencontrarse. Shelby me pasó un periódico hacia el asiento de atrás, donde estaba sentada. Se trataba de un ejemplar del *Lawrenceton Sentinel* y el titular carecía de la impresión que debió haber tenido a esa misma hora el día anterior.

«La autopsia revela sorpresas», rezaba, una obviedad, si alguna vez había visto alguna. En voz baja, Angel empezó a contar a Shelby lo que habíamos hecho esa mañana. Ojeé la historia que había redactado Sally Allison con mucho cuidado. El forense, enfrascado en lo que parecía una labor rutinaria, se había sorprendido (puede que más bien alegrado) al ver que su trabajo se antojaría más complicado que de costumbre. Me hubiera encantado ver las caras de Jack Burns y de Lynn al descubrir que el tercer cadáver no era el de Charity Julius. Al parecer, la propia Lynn se había desplazado hasta los apartamentos Peachtree para averiguar si la presunta señora Totino tenía alguna idea sobre la identidad del tercer cadáver. Desde que se quitaron los huesos del tejado, aquel debía ser el momento que la anciana más había temido. Lynn permitió que Duncan, el guardia de seguridad, se adelantara, pero Alicia seguramente estaba viendo el canal del circuito cerrado de cámaras y reconoció en Lynn a la agente de policía que le había informado del descubrimiento de los cuerpos. Abrió la ventana y se tiró por ella.

—¿Cuánto habrían sacado de los asesinatos? —preguntó Shelby.

—¿Eh? Oh. El precio de compra de la casa, el dinero que el señor Julius había ahorrado para establecer su negocio y supongo que cualquier cantidad derivada de las pólizas de seguro de vida. Creo que la compañía tiene que pagar si la persona desaparecida es declarada muerta. Si hubiesen pasado tan solo cuatro meses más antes del descubrimiento de los cadáveres, esos tres podrían haberse dispersado a los cuatro vientos con las manos llenas de dinero.

—¿Crees que les habría dado su parte a Harley y a Charity? —preguntó Angel mientras cogíamos el desvío noreste de la autopista hacia Lawrenceton.

—Creo que sí. Había visto a Harley en acción.

—Tuvo que ser mortificante tener que estar tan necesitada de dinero durante tantos años para la anciana, quiero decir.

—Sí, para ella sí. Pero no creo que hubiera supuesto una gran diferencia para Harley y Charity. No mataron por el dinero; la idea económica era de Alicia Manigault, y de ella sola.

Un romance adolescente que salió mal; la balada de Charity y Harley.

Me preguntaba qué estaría haciendo la policía de Luisiana con ellos dos.

Entrando en Lawrenceton, me resultó difícil pensar en que hubiera interrogado a una mujer gravemente herida con tanta intensidad. También me costó creer que me hubiera golpeado en el estómago con tanta fuerza como para provocarme un cardenal que ya estaba tomando forma en los tejidos blandos que rodeaban mi ombligo.

Hacía dos días que no sabía nada de Martin. Me pregunté también cómo estarían yendo las cosas en Guatemala. Lo echaba de menos, precipitada y apasionadamente. Las lágrimas empezaron a acumularse en mis ojos y me quité las gafas para secármelas con un pañuelo de papel.

—Ha llamado Martin —indicó Shelby de pronto. Estábamos cogiendo la carretera que sale de Lawrenceton y conduce a mi casa—. Intentó contactar contigo en el hotel, pero ya te habías ido. Esta noche tengo que volver al aeropuerto para recogerlo.

Viramos en el sendero de acceso. Shelby intentaba ponerme al día sobre los sistemas de seguridad que había estado sopesando durante nuestra ausencia. A mí me importaban un comino.

—¿Te da miedo entrar? —preguntó Angel. La lluvia arreciaba mientras sacábamos los bultos del maletero. Cruzamos la cochera para abrir la puerta lateral y atravesar el pasillo cubierto hasta la cocina. Madeleine estaba sentada como una reina, la cola enrollada alrededor de su cuerpo, junto al plato de la comida.

—No —dije, dándome cuenta de que era verdad—. La casa no me da miedo. Aquí no hay fantasmas. La gente que podría haberse convertido en esos fantasmas sigue viva en Luisiana. Los que murieron eran demasiado buenos para acabar siéndolo.

Esas consideraciones eran un claro exponente de mi agotamiento, y la mirada simultánea que me dirigieron Angel y Shelby me revelaron que empezaba a ponerme rara; pero la casa no me daba miedo; me alegraba volver allí. Di un suspiro de alivio cuando los Younghood se fueron a su apartamento para celebrar su propio reencuentro, tras rehusar la oferta de Shelby de ayudarme a subir las maletas al dormitorio.

El indicador del contestador automático parpadeaba. Pulsé el botón de reproducción para escuchar los mensajes.

Mi madre: «¡Ya hemos vuelto, y nos lo hemos pasado de película! El mensaje que me dejaste diciendo que te ibas a Nueva Orleans era un poco confuso, Aurora. ¿Martin sigue contigo o no? ¿Es todo ese asunto de los cuerpos lo que te perturba? Llámame cuando vuelvas».

Emily Kaye: «Roe, lamento molestarte, pero necesitamos ayuda urgente en la Hermandad del Altar. Por favor, llámame a casa cuando vuelvas de dondequiera que estés. ¡Oh, por cierto, Aubrey y yo estamos comprometidos!»

Aubrey: «Roe, si te ha impresionado el descubrimiento de tu casa, no dudes en llamarme. Quiero ayudar, si puedo. Y quiero que seas la primera en saber que me voy a casar con Emily Kaye».

Hice una mueca al cristal del reloj que reflejaba mi cara.

Mi madre: «Ya sabes, Aurora, que me hubiese gustado que le hubieses dejado a Patty el nombre de tu hotel. Resulta muy molesto no poder ponerme en contacto contigo para saber que estás bien. Según he entendido al llamar al despacho de Martin, él no está contigo. ¿Me quieres decir qué haces en Nueva Orleans?».

Ojalá los pendientes antiguos la apaciguaran.

Los demás mensajes, en orden, eran de Sally Allison, Sally Allison y Sally Allison.

Subí las escaleras, contemplando mi preciosa casa con placer, feliz de estar de vuelta. Más tarde llegaría mi marido; hablaríamos; todo estaría bien.

Pero cuando entré en mi habitación se me pasó por la cabeza la repentina imagen de una chica morena agarrando a una anciana y forzando su cabeza canosa por la ventana para que alguien se la partiera con un martillo.

Desterré esa visión con firmeza.

Esta era mi casa.